末日愚者

終末のフール

〔日〕伊坂幸太郎 著
黄涓芳 译

人民文学出版社

著作权合同登记号　图字 01-2016-6928

Shumatsu no fool by kotaro Isaka

Copyright © 2009 Kotaro Isaka
All rights reserved.
Originally published in Japan by Shueisha Co., Ltd.
Chinese (in simplified character only) translation rights reserved by
Shanghai 99 Readers' Culture Co., Ltd under the license granted by
Kotaro Isaka arranged through Cork, Inc. and Kodansha Beijing Culture LTD.

图书在版编目(CIP)数据

末日愚者/(日)伊坂幸太郎著；黄涓芳译. —北京：人民文学出版社，2016
ISBN 978-7-02-012171-7

Ⅰ.①末… Ⅱ.①伊… ②黄… Ⅲ.①短篇小说-小说集-日本-现代 Ⅳ.①I313.45

中国版本图书馆 CIP 数据核字(2016)第 268647 号

责任编辑：卜艳冰
　　　　　陶媛媛
封面设计：钱　珺

出版发行　人民文学出版社
社　　址　北京市朝内大街 166 号
邮政编码　100705
网　　址　http://www.rw-cn.com

印　　制　山东临沂新华印刷物流集团有限责任公司
经　　销　全国新华书店等

字　　数　194 千字
开　　本　890 毫米×1240 毫米　1/32
印　　张　10
版　　次　2017 年 2 月北京第 1 版
印　　次　2018 年 7 月第 2 次印刷

书　　号　978-7-02-012171-7
定　　价　49.00 元

如有印装质量问题，请与本社图书销售中心调换。电话：01065233595

今天将是你余生的第一天。

——查尔斯·戴德里奇

末日愚者	1
太阳封印	35
笼城啤酒	73
冬眠少女	111
钢铁羊毛	149
天体夜晚	185
戏剧船桨	225
深海支柱	265
感谢词	309

末日愚者

1

该走了。

我说完,拿起塑料袋便从长椅上站起来。十斤重的白米沉甸甸地折磨着我的肩膀和腰部。

静江显得有些依依不舍,但还是回了声"说得也是"就站了起来。

这座公园位于高处,可以俯瞰西沉的夕阳逐渐将仙台市区染成一片红色。鲜红的色彩也反映在遍布天际的卷积云表层。静江大概还想继续眺望眼前的风景,但是我早就感觉不耐烦了。

"我们大概有十年没来这座公园了。"

"是吗?"

二十年前刚搬到附近的公寓时,我们几乎每个礼拜都会来这里。但最近我甚至已经忘记这里有一座公园了。

我们居住的"山丘城镇"是位于仙台市北部的集合住宅小区，公园就坐落在小区视野最佳处，算是这个小区的"卖点"之一。

公园大约五十米见方，四周围着栅栏，地上铺着沙砾，四边的入口处各矗立着一根图腾柱，据说是小学生的毕业设计作品。东南方的角落里分别设有儿童游乐设施，包括滑梯、秋千等，中央种植了一棵樱花树。另外还有十张长椅，面朝着仙台市南区方向，坐在上面可以拥有极佳的视野。

集合住宅刚建成的时候，每到周末，"山丘城镇"的居民就会来到这座公园。到了四月上旬，大家就会在仅此一棵的樱花树下争夺赏花座位，甚至常常发生冲突。

居民们大概觉得住宅贷款里也包含了公园所坐拥的视野和赏花节目，所以才会想要努力捞回本吧。至少我当时是这样想的。

然而这座公园此刻却变得空荡荡的，除了我们之外，只有两个人：一个是遛狗的女人，另一个则是满面愁容地坐在秋千上的中年男子。根据静江的说法，这两人都跟我们住在同一栋公寓里。她还跟我说，你看那个男的，常常出现在电视上。我却完全没有印象。

"那男的是谁？"

"他是电视节目主持人。我听说一年前他曾带着家人到别的地方去住，不过看样子他们又回来了。"

"现在去哪里都一样。"我斩钉截铁地说，并催促静江，"快点走吧。"

"你看——"

我们刚刚买了做晚餐的原材料回来。最近商店里已经很少发生抢夺食物的情况,街头抢劫案件也减少很多,因此静江通常都一个人去买菜。不过碰到要买白米之类比较重的东西时,我就会陪她一起去。虽说已经年过六十,但是和小学生般娇小的静江比起来,我的力气还是大一些。

"秋天真的已经来临了。"静江面朝仙台市区的方向,伸出食指在空中比画。我原本以为她指的是远处的街道,却看不到什么新奇的风景,直到我把视线移到近处,才发现她指的是什么。

是蜻蜓。十几只蜻蜓宛若在空中游动的大肚鱼般飞舞着,它们的颜色和夕阳相近,无声地飘浮在半空中。这些蜻蜓大概原本停在栅栏或广告牌上休息,因我们经过,才受到惊吓而飞了起来。

"真不敢相信,只剩下三个秋天了。"静江以低沉的嗓音说。

"傻瓜。"我反射性地回答,"别说那种丧气的话。"

"可是这是事实啊。"

"真羡慕你这种傻瓜,可以说得这么轻松。"

"亲爱的——"静江看着我,显出不知该如何是好的表情。

"什么事?"

"拜托你,在康子面前别摆出那样的表情。"她的语调很认真,甚至接近哀求。

"我天生就长了这么一张臭脸。"

"看你突起下嘴唇的样子,好像把人家当傻瓜一样,眼神也好可怕。"

"谁叫你说的话太白痴了!"

"所以我说,"平常静江很少反驳我,今天却坚持到底,"难得康子要回来,拜托你了。"她还加了一句:已经十年没看到她了。

"干嘛要对自己的女儿低声下气?傻瓜!"虽然我心里也有些紧张,但还是以粗鲁的反应瞒混过去。

走出公园,我们便沿着狭长的道路往东走。静江跟在我的后头。

"山丘城镇"和其他集合住宅小区一样,并排建着好几栋造型相似的建筑,其间密布着网状小径,一不小心就会搞不清自己所在的位置,甚至失去方向感。

"你还记得吗?"我放慢脚步等候静江跟上,缓缓地开口问。那段往事突然出现在我的脑海里。"我们搬到这里之前住的地方,也像这里很难搞清楚方向,小孩子动不动就会迷路,常常在路上徘徊。"

"嗯。"

"有个小孩子因为怕迷路,还在柏油路上画箭头,标出回家的路径。"

"对呀。"静江露出怀念的神情,轻轻点了点头,"后来其他小孩也纷纷仿效,结果地上到处都是箭头,根本搞不清楚是谁画的。"

"那真的很好笑。"

静江的表情没有变化,斜着眼睛偷偷瞄了我一眼,说:"亲爱的,你忘了吗?最早开始画箭头的就是和也。"

我目不转睛地看着静江,一时无法立刻回答。我没想到她会突然提起和也的名字。他是我们的长子,十年前,年仅二十五岁就死了。我感觉像是在毫无防备的状态下被对手狠狠打了一拳。

"那孩子用学校的粉笔在地上画箭头。"

"这样啊。"

"你那时候很生气,骂他是傻瓜,怎么连回家的路都不记得。"

我虽然已经不记得这件事,但大概就像她所说的吧。当时我担任电话公司的管理职务,压力很大,每天为了一大堆问题和迟迟没有进展的工作而感到焦虑,又不能在部下面前吐苦水,只能深刻地体认到自己能力的不足。那时候我也许是因为惧怕自己的无能会遗传到儿子身上,才会表现出那么冷淡的态度。

爸爸老是说妈妈和哥哥是傻瓜,可其实骂人家是傻瓜的人才是傻瓜。

康子的这句话突然浮现在我的脑海中。我不记得她是什么时候说的,却清晰地记得她歪着嘴巴、扭曲着脸说出这句话的模样。

你有没有想过哥哥的心情?康子也这么说过。

怎么搞的!直到现在我才惊愕地发现,当时的我从来没想过要顾及他人的心情，也根本不在乎和也怎么想。怎么会有我这种父亲！怎么会弄到这个地步！

"在路上画箭头是和也想出的点子。"静江再一次强调地说。

"那又怎么样？"我的语气比预想的更强硬。

"这孩子的想法还真特别。"

和也死后，我们夫妻之间几乎没有提过儿子，也因此让我现在感觉有些不知所措。"你最近是不是打扫了他的房间？"

"被你发现了？"

"你在半夜打扫，吵得我睡不着觉，怎么可能不发现？"

"说得也对，真抱歉。"

"别提这个了。"我改变话题，"康子为什么突然决定要回来？她已经十年没有回家了。"

静江摇摇头说："只剩下三年，她大概是想至少再见我们最后一面吧。"

"她在电话里有没有说什么？"

"没什么特别的。"

"但她总该说了点什么吧？"

静江显出责备的眼神，似乎要质问我为什么不干脆自己接电话。

"她只告诉我，来了再说。她也许有话要对你说吧。"

"有话对我说？她该不会到了这个时候还要来骂我吧？"

"搞不好真是这样。"

"喂！"

"开玩笑的。"

2

　　康子从小成绩就很优秀，考试成绩总是排名全校第一。据我所知，她即使考再差，也顶多落到二三名。她的长相虽然不及学业出色，但还算清秀，人缘也很好。康子只考了一次，就被东京的国立大学录取了，毕业后立刻又被录用为国家公务员，让为人父母的我们感到无比荣耀。

　　康子是最值得我骄傲的孩子，然而这也不禁让我常常抱怨："相较之下，和也怎么会这么差劲？"

　　每次看到孩子们带回家的成绩单，把和也和康子的成绩放在一起比较，就会让我想到"失败品与杰作"这样的标题。我或许是因为不想承认和也柔弱与笨拙的个性是遗传自我，才想要把他视作"偶然出现的失败品"吧。

　　和也是否察觉到了我的想法？他一定察觉到了——另一个我这样回答。他会不会为此感到难过？他一定会感到难过。每当想到和也当时的感受，我的内心就会充满绝望。

　　十年前，康子在我们面前宣称："我再也不想回到这个家。"那是在和也死去的两个月前。

　　她并非言而无信。事实上在那之后，除了参加和也的葬礼，康子再也没有回到"山丘城镇",甚至没再踏入仙台一步。六年前,我父亲——也就是康子的祖父——举行葬礼时,我们曾经碰过面,但康子并没有和我说话。

葬礼之后,静江以手肘推了我一下,说:"你去跟康子说说话吧。"但我没有让步。虽然和女儿交恶让我感到很不自在,也很想和她说话,然而我却回答:"除非她跟我道歉,否则我才不理她!"那是我的真心话。

老实说,我那时仍以为自己的人生还很长,也因此相信康子总有一天会主动来跟我道歉。我完全没想到次年竟然会听到"只剩八年寿命"这样的宣告,而且,不止是"我的寿命",而是"世界的寿命"。事情的发展完全超乎我的想象。

我想起康子宣布要和我们决裂的情景。那是在三月,她还没开始上班,趁放假期间回到仙台。

吃完晚餐,当大家都在客厅休息的时候,康子开口了。

"哥哥,我觉得你最好别再念书,赶快离家比较好。"她对摊开笔记本的和也说。现在回想起来,康子大概只是为了说这句话才回家的。

"是吗?"和也虽然已经念完当地的大学,却没有上班,而是拼命地念书,想要考取不可能考取的资格证。

"哥哥的脑筋很好,他应该更自由地做自己想要做的事。"

"你这么说,"和也露出平常惯有的温和笑容,"是在明褒暗贬吧?"

和也不喜欢与人争执，总想尽可能避免冲突。这一点让我很不满意，因为我自己也有这样的倾向。

"不是啦。哥哥其实比我更聪明。"

"比你聪明的家伙怎么可能会为这种考试伤脑筋呢？"和也苦笑着说，我心里也附和着同样的台词。

"我说的不是那样的聪明。哥哥从小就有独特的想法，而且，最重要的是——"

"最重要的是什么？"

"你很温柔。"

"温柔和怯懦只有一线之隔。"和也低声地说。

"康子，别说了。"我插嘴了。

我并不是要替和也辩护，只是觉得眼前的场景像是优秀的女儿在安慰差劲的哥哥，实在看不下去。

然而这时康子却凶狠地瞪了我一眼。"爸爸大概到死都不会知道，哥哥其实比我聪明一百倍。"

"别说傻话！"我立刻反驳。

"爸爸，你以为聪明是什么？你一定以为成绩、学业或地位才能反映一个人聪不聪明吧？那些责任就由我来承担，不就好了吗？你真笨。我老实说，就是因为爸爸太笨了，才会让哥哥不幸。"她指着妻子和我，抬高音量，仿佛告发罪人般，"哥哥可以完成更伟大的事情。"

和也显得很狼狈，不安地窥视着我们。静江也放下洗碗的工作，从厨房走出来。我面对女儿的突然发怒虽然很惊讶，却更感到愤怒，大声怒斥："你怎么可以说自己的父亲是笨蛋？"

"我从小就一直在忍耐。"康子调整了一下呼吸，抑制兴奋的情绪，噘起嘴巴又说，"我一直想说出来。"

"说什么？"

康子深深吸了一口气，开口说：

"你无法理解哥哥的厉害，实在是个大傻瓜。你太笨了。"

这句话听起来像是冷淡的客观批评，宛若一根利针般深深刺痛了我。

"你说什么？"

"别这样，康子。"和也慌张地制止康子。

"和也哪里厉害了？你说啊！你说他哪里不像个失败品？"我情不自禁地高喊。我被康子的话惹怒，心里既焦虑又愤怒，忍不住毫无顾虑地说出这种话。

随着一声巨响，放在柜子上的酒瓶破了——康子将手边的时钟丢出去，不知是刻意瞄准还是偶然，击中了前年秋天我荣获公司董事长奖时得到的葡萄酒瓶。红酒如鲜血般溢流出来。

"你在做什么？"我怒吼，"出去！"我无意识地指着门口。违逆父亲的女儿理应被逐出家门，这在我心中是天经地义的道理。

"我再也不想回到这个家。"康子平静地说。隔天她就回到东京。她当时的眼神仿佛在怜悯我一般。

如果没有那场争执，或者至少，如果我没有用"失败品"那样的措词，和也或许就不会在两个月后跳进地铁轨道自杀了。但现在的我已经无从得知真正的答案。

3

道路左右两旁的屋子都紧锁着大门。有的院子里，针叶树的树枝折断了；有的二楼窗户的玻璃破了也没换。

"泷泽一家人好像在上个礼拜搬出去了。"静江大概是注意到我的视线，这样解释道。她所说的泷泽家大概就住在刚刚经过的那栋房子吧。"听说他们的儿子住在关西，所以决定要到那里度过最后三年。"

我哼了一声。

"这条街上不知道还剩下多少人。大厦的住户大概也只剩一半不到了吧。"

"也许吧。"

"今天我们去的佐伯先生那家米店，"静江提起了米店老板的名字，"原本一直硬撑下来，不过他最近似乎也打算关掉店铺了。"

"那我们以后去哪里买米？"

"听说超市会重新营业。不过我也不太清楚。"静江说到后来，语调便失去自信，变得吞吞吐吐的。

我又哼了一声。

过了一会儿，静江突然以开朗的声音说："对了，我昨天做了一个梦。"

"梦？"

"我梦见我一打开电视机就看到美国总统出现在屏幕上——那应该是卫星转播吧？"静江有些迟疑地说，"我梦见总统在一大堆麦克风前面发表演说。"

"说什么？"

"他说：'这一切都是假的'。"

"别傻了。"我嗤之以鼻。

"梦里的美国总统红着脸，一直低头道歉，说：'重新计算的结果，才发现小行星不会撞上地球。不好意思，惹出这么大的风波。'"

"你连做梦都这么悠闲。"

"是啊，美国总统怎么可能会说日语呢？"

"傻瓜，我不是说这个。"我已经懒得加以解释。静江似乎很在意"傻瓜"这两个字，露出悲伤的眼神，但没有多说什么。

我们继续默默地走了一段路。路上没有车子经过。回想起五年前的情景，感觉就像梦一般虚幻。

当时每个人都把行李塞到车子里准备逃亡，每一条路上都在塞车，处处能听到驾驶员之间的争吵和喇叭声。

小行星快要撞上地球了，不论逃到哪里都一样。但许多人却惊慌失措地开车四处乱窜。他们大概无法忍受静静地待在原地什么都不做吧？我其实也感受到相同的焦虑，如果有车，大概也会采取相同的行动。

"最近的情势终于稳定下来了。"

"的确,真的稳定了许多。"静江的声音听起来很悠闲,"算是维持在小康状态吧。"

"小康状态?"

"之前真的很难预料这世界会变成什么样子。"静江的表情显得相当疲倦,大概是想起了这五年来的骚动。

这几年的局势真的很糟糕。人们备受恐惧与焦虑折磨,在各地掀起暴动,商店和百货公司遭到暴徒攻击,连警方都无法控制局面,甚至出现强暴妇女或胡乱杀人的家伙。想起来也相当讽刺,如果事情继续这样发展下去,也许在小行星来袭之前,这个世界就已经毁灭了。连我都不禁感叹自己竟然能幸存下来。

然而到了今年,各地的暴动却不约而同地平息了下来。

治安好转的原因之一当然是当局严格控制掠夺与暴动,但在我看来,还有一个很大的因素:人们放弃挣扎了。

无法承受恐惧压力的人大部分都死了,幸存下来的人也许都开始思索要如何有意义地度过余生吧。大家渐渐发现,如果因为毫无头绪地闹事而被枪杀或送到监狱,未免太不值得了。一定是这样,没错。

"等到那一天临近的时候,大家或许又会闹起来了。"

静江这么说,我也有同感。这种小康局面一定只是暂时性的。当死期接近时,没有人能够保持冷静,我也不例外。现在只是短暂维持和平状态而已。

夕阳西沉的速度很快，四周一下子就暗了下来，仿佛在街上的某处有一个调整明暗的开关，被人一口气往左旋转，将照明度一下子调暗——虽然现在才下午五点半而已。

我们在街角左转，一阵咖喱的香气越过左方的围墙扑鼻而来。

"今天的晚餐大概是咖喱吧。"我不经意地脱口而出。一想到还有人过着日常的生活，就让我感到高兴。

"的确。"静江的声音也显得有些活泼。门口的灯笼微微照亮了静江的脸，我这时才观察到她的脸苍老了许多，嘴角的皱纹比以前更清楚了，肌肤也相当干燥。

"你想不想租录像带来看？"静江突然提议。

我拿着装米的塑料袋，皱了眉头。"租录像带？"这几个字让我感觉不免有些肤浅。

"有什么关系？"静江小声地说，她的声音听起来像是在央求，也像是在抱怨，"不久前我还常常租来看。"

"我想起来了，你以前常常悠闲地在家看电视，原来看的是录像带呀。"

"这附近有一家录像带出租店，我们去看看吧。"

"喂，"我用不耐烦的声音说，"你到底明不明白现在是怎样一个状况？"

"状况？"

"我们只剩三年可活了，为什么要浪费时间来看录像带呢？"

"可是康子今天很晚才会到家。"静江缩着脖子回答，"在那之前我们要做什么呢?"

被她这样一问,我回答不出来。

康子似乎打算沿着国道慢慢开车回来。虽然不知道她出发的时间,但等她抵达家门口,大概也超过晚上十点了。在不清楚康子为了什么理由回家的情况下,要我什么都不做,静静地等她,实在不太可能。

"话说回来,都到了这种时候,还有人开录像带店吗?"

"嗯,那家店应该还在营业。最近大家很少看录像带,都改用那种不知道叫什么的机器。不过我们家附近还有那家店在出租录像带。"

我装出不情愿的表情,勉强点头答应。"真拿你没办法。那我们就去看看吧。"

"好的。"不知道为什么,静江显得很高兴。

4

这家店刚好在回家的路上,位于大厦和公交车站之间的斜坡上。我以前上班的时候应该每天都经过才对,但是却从来没有发现它是一间录像带出租店。店铺大约十坪①左右,招牌上的文字已经开始褪色。

"好久不见。"我们刚踏入店内,站在收银台后方的年轻男子

---

① 日式面积单位,每坪约合 3.3057 平方米。

便立刻打招呼,让我吓了一跳,差点把塑料袋掉在地上。

"好久不见。"静江也鞠了躬。

"这位是你先生吗?"店员以开朗的表情看着我。

"这种时候还有人想看电影吗?"我用问话代替了回答。店内有些潮湿,没有其他客人。我把塑料袋放在收银台旁边的小柜子上,手臂感觉有些发麻。

"应该说还是有些观众吧。"店员胸前的名牌上标示着"店长渡部",身上穿的浅蓝色围裙格外清洁,在阴暗的店内反而显得有些突兀。他的年纪大约二十五岁,浓眉大眼,下巴尖尖的,虽然长着一张娃娃脸,但应该可以称得上英俊。我当时的反应是觉得这个店长未免太年轻了,感觉有些不可靠。

"不过几乎都没什么新作品。"他有些怅然地说。

"哪有人傻到这种时候还拍电影?"

"话不能这么说。当导演的通常都是些怪人,其实他们也很想拍片,只是找不到演员。大部分明星都不愿意演戏,也许都用之前存的钱去买避难所了。不过我听说赫尔佐格[①]和斯皮尔伯格都还在拍片。"他说到这里,似乎终于发觉自己太饶舌了,换了一个表情说:"不过来租录像带的人倒还不少,大家似乎都不知道该如何打发时间。"

---

① 德国新浪潮电影名导演,代表作有《阿基尔:上帝的愤怒》《加斯·荷伯之谜》《玻璃精灵》《绿蚁安睡的地方》《十分钟年华老去》等。

"原来如此。"

至少在日本国内,大部分人都停止了工作。既然不用再为退休生活存钱,也不用努力偿清贷款,既有的存款就已经足够过日子了,当然也会导致许多人无所事事。

有些人反正没有其他事可做,便继续经营蔬菜店;也有渔夫认为打鱼就是自己的生存意义而不放弃工作。

就这一点来看,至少在这个国家,目前应该可以说正处于接近理想的状态。譬如原本只为自己打算的政客都离职了,剩下的只有少数具有使命感的政治家。

人们现在都为了非关利益或金钱的目的从事各项活动,这应该算是件值得庆贺的事情吧。

我转头看了看旁边,收银台对面有一个架子,最上层贴着手写的广告语:"有关地球毁灭的电影",其下方则排列了许多录像带。

"这些录像带是你选的吗?"

"嗯。观众的反应还不错,从电影的角度来看,地球毁灭的模式似乎有很多种。"他毫无顾忌地微笑着说。

"谁会想要看这种电影?"

静江似乎察觉到我又开始用起说教的口气,连忙改变话题:"对了,渡部先生跟我们住在同一栋公寓。"她转向渡部问:"是五〇一室吧?"

"是的。"渡部点点头,"我和妻子女儿住在一起,还有一个顽固的老爸。他原本一个人住在山形县,因为房子被烧掉了,所以我请他搬来同住。"

"房子失火了?"

"火势从邻居那里蔓延过来,就把房子烧光了,因此我才会邀他过来跟我们一起生活。"

我知道有些人会在绝望之余走上极端,烧掉别人的房子或大楼。这种事并不稀奇。

"令尊一定很高兴跟你们住在一起吧?"

"我也不知道。"渡部显出犹疑的表情,"他已经过了古稀之年,却还很有精神,实在拿他没办法。最近他正在公寓楼上建造瞭望塔。"

"瞭望塔?"我反问。

"他说他要建一座附梯子的超高瞭望塔,还特地开车去买材料,之后就在顶楼上敲敲打打。他以前就喜欢在闲暇之余从事木工,所以很擅长做这种事。"

"他建瞭望塔要派什么用?"

"好像是看过一部电影之后受到启发。"渡部指着标有"关于地球毁灭的电影"的架子,"这些录像带当中,也有跟陨石坠落有关的片子。"

那不正是目前的写照吗?我感觉有些忧郁。"那部电影里,人类最终获救了吗?"

"很遗憾。"渡部垂着眉尾回答,"在那部电影当中,陨石撞上地球,导致水位上升,洪水肆虐,街道都被大水淹没。"

"哦，那部片子我也看过。"

"老爸大概是想要为洪水做准备，才建造瞭望塔。"

"就算跑到瞭望塔上，最后还不是会被水淹没？"我问。

"是的。不过他似乎打算撑到最后一刻，看着其他人先沉到水里。他以前就不肯服输，应该说拥有奇怪的乐观主义吧。"

"真是有趣的父亲。"静江开口回话。

"是吗？"渡部显得有些困惑，"只能说，度过最后时光的方式因人而异。"

过了一会儿，静江又开口了。

"那么——"她说，"可以请你帮我们选一部片吗？亲爱的，难得有这样的机会，就找平常不太常看的类别吧，譬如说恐怖片之类的。"

我对恐怖片完全没有兴趣。"这也不错。"渡部插嘴，"选一部残酷血腥的恐怖片如何？譬如那种大家一个接着一个被杀死的片子？"

"看人被残酷地杀死有什么好玩？"

"至少，"渡部一脸认真地说，"看了之后或许会觉得'和这种情况比起来，还是撞上陨石好一些'。"

5

我和静江并排坐在和室的电视机前看录像带。

这部片的剧情闹哄哄的,完全没有内容可言,只是看一对美国夫妻歇斯底里地发火、尖叫、闹来闹去而已。

片名叫做《墙壁里有人》①,让我原本以为这是一个关于墙壁里若隐若现的幽灵的故事,以营造恐怖气氛取胜,看到最后才知道真的有鬼——但事实又完全不是如此。

电影一开始就看到作为舞台背景的房子里关了一大群人。不只是"有人",而是"有一大堆人"。

静江似乎也有同感,看完之后感叹地说:"剧情还真是简单明了。"

"根本就是太夸张。"

"的确。"

看看时钟,才九点,距离康子抵达还有一段时间。

晚餐是烤肉,所以不用做太多的准备工夫。蔬菜和瓦斯炉已经放在桌上,待会儿只需要在烤之前端出肉,再把酱汁摆在桌上——静江这么说。她大概觉得使用过期的调味酱比淡而无味来得好些吧。

"我们再看一部片吧。"静江从录像带出租店的袋子里拿出另一卷录像带。

"随便。"我虽然不太想看,又觉得比什么都不做来得好。

这时我才忽然察觉腹部有一种被束缚的感觉,不知道是肌肉

---

① 原名"The people under the stairs",又译"饿鬼之家"。

紧张还是胃在抽痛。我也发现自己害怕和康子重逢。能够见到睽违六年的女儿虽然值得高兴,但更让我感到紧张。

"亲爱的,"静江似乎发觉到我内心的紧张,她探出娇小的身躯,将录像带放到录像机中,没有回头,只是低声说,"我希望你能和康子和好。"

我模糊地回了一声,听不出是"哼"还是"嗯"。

"只剩下三年了。"静江摸着遥控继续说。

"你不说我也明白。"事实上我自认明白。虽然无法想象康子今晚是抱着什么样的心态回来,但我认为这大概是最后的机会了。只是——我心中感到不安——问题是,我到底该如何应对?我完全不知道该如何切入话题、如何说话、如何重建两人之间的关系。这世上真的有人知道这种问题的答案吗?

电影开始了。这部片和先前的恐怖片相较,情节铺陈较为传统,主角得知自己已经罹患末期癌症之后,开始寻找杀死自己妻子的犯人,并实施复仇。

除了互相射击的场面有点嘈杂之外,还算得上有趣。虽然不会让人热血沸腾,却也不至于无聊。

"这部片挺有趣的。"静江倒转录像带的时候也这么说。

"嗯。"我只简短地回答。接着我望向没有画面的电视屏幕,问她:"你不觉得我们在这种时候还在看电影,很像傻瓜吗?"我开始觉得自己好像在做一件很蠢的事情。

"像傻瓜又有什么关系?"

"是吗?"

"是啊。"

"关于康子的事,"我小心不让她发现自己内心的紧张,"她该不会是太恨我了,想要在小行星坠落之前先把我杀了吧?"

"这也有可能。"

"喂!"

"开玩笑的。"

6

过了十点半,门铃终于响了。也许是由于好几年都没有访客上门,我们一开始并没有意会到这个响声所代表的意义。

"是康子。"静江脸上绽放笑容,起身去开门。

我发现自己心跳加速,暗骂自己不中用,试着深呼吸,却连吸入的空气都在颤抖。

我挺直背脊,胡乱调整桌上的餐具排列。从冰箱拿出肉,改变盘子的摆放角度,检查色拉油还剩下多少——这些都是我平常不会做的事情。

"爸爸,好久不见。"门口传来声音。

我抬起头,看到康子站在门前。她的外表和六年前我在父亲葬礼上碰到她时几乎没有两样。不,甚至和十年前离家时几乎完全一样。

她穿着一件带有秋天气息的枫红色开襟衬衫和一条深蓝色窄腿裤。她今年应该已经三十二岁了，但修长的身材看起来仍像是二十几岁，头发剪短，长度不及肩膀，给人利落的印象。

她那双显示着坚强意志的眉毛仍旧没有改变，黑色的眼珠瞥了我一眼，马上移开了视线。不，先把视线移开的应该是我。

我的笑容想必很僵硬，康子的表情也不算开朗。她特地回来看我们，原本我有些期待她会带着灿烂的笑容将过去的争执遗忘，但她显然仍旧怀着警戒的态度。

她的态度像是无声地在声明：爸爸和我之间的嫌隙还没有消失。

"真的好久没有看到你了，康子。你过得还好吧？"静江这些年来从来没有显露出如此喜悦的眼神，真是天真得令人羡慕。她从厨房拿出小盘子，带康子到餐桌前，自己也坐了下来。

"我很好，妈妈呢？"

"我也很好，大概还可以再活三年吧。"静江露出微笑。听到这里我"啧"了一声，康子似乎也听到了，转过头来瞥了我一眼，但她没有说什么，又对静江说："真不敢相信真的只剩下三年。不过还好家里没事，仙台这里起初也很混乱吧？"

"人类真是脆弱的动物。"静江感触良深地点点头。她边说边点燃瓦斯炉，迅速地铺了一层油，对康子说："你要吃什么就自己放上来烤吧。"她指着蔬菜和肉，又说："那些人知道自己几年以后就要死了，就突然失去控制，争先恐后地逃跑、抢夺或是彼此咒骂，真是脆弱得可怜。走在路上的小狗都比他们冷静多了。"

"那当然。狗又不会看新闻。"我挖苦地说。不过我很讶异听到静江说起"人类很脆弱"这种话。我从没有想到她会去思考这种事情。

接下来有一阵子，我们都忙着烤肉。虽然没有交谈，不过铁板上的烤肉发出的嘶嘶声和弥漫的白烟让这一餐感觉还算热闹。

我在脑中拼命地思考该说些什么。想问的问题多到问不完，比如"你结婚了没有"、如果已经结婚了"有没有小孩""工作现在怎么样了""你不打算回来吗"之类的。当然我最想知道的是："你是否还在生我的气？"

吃完碗里最后一粒米，我放下筷子，偷偷地吐了一口气。十年没有和康子坐在同一张桌子旁，她从一开始就没有正眼看我，沉重的气氛让我透不过气来。

"对了。"

"对了。"

康子几乎也在同一时间开了口。

我们互望了一眼，露出尴尬的表情，彼此推让发言权。最后我终于决定自己先开口，结果又变成了同时开口的局面。

"你回来有什么事吗？"

"爸爸，你找我过来有什么事？"

"怎么回事？"我有些摸不着头绪。康子也皱着眉头，同样搞不清楚状况。

铁板上的肉片烤得太久,发出吱吱的声音,似乎已经烤焦了。

"你问我有什么事?不是你自己有事要来的吗?"

"我是因为爸爸说有事、一定要找我才回来的。"

康子似乎也因为眼前难以理解的状况感到尴尬,但没有特别显出不愉快的样子。我也跟她一样,不希望到了这个时候还吵架。

"是谁跟你说的?"这个问题根本不用问,答案就很清楚。

"妈妈说的。"

没错。会居间联系我跟康子的,除了静江没有别人。一定是她和康子联络,事后又告诉我康子要来。

"喂。"我转过头,才发现静江已经离开了座位。"喂,这是怎么回事?"我大声问。

静江推开寝室的纸门,悠闲地回到餐桌。

"喂,你到底是——"

"锵——"她发出愚蠢的拟声词,举起一只纸箱。她把箱子放在刚刚自己坐的椅子上。"我想让你们看看这个。"她眯着眼睛,交互看着我和康子两人的脸。

纸箱很脏,侧面印着搬家公司的名字,应该是我们搬到"山丘城镇"时使用的箱子。

"那是什么?"康子疑惑地问。她的语调并没有责备的意味,却显得有些讶异。

"我最近整理了和也的房间。"静江缓缓地说明。

"哥哥的房间？"

"结果我在壁橱里找到这个，所以想要让你们两个都看看。"

"那是什么？"

静江开启箱子上盖，依右、左、上、下的顺序轮流打开盖子四边，像是开启四扇门般。

我和康子凑上前想要看清箱子里装的是什么，但静江先一步将手伸进箱子里取出里头的东西。

"你们记得这个吗？"

她拿在右手上的是小小的木棒，大概是榉树的树枝吧。长度大约三十厘米，前端被刀子之类的东西削尖。她的左手则抓着一顶安全帽。那是一顶黄色的工地用安全帽。另外还有网状的东西从纸箱里头跑出来，像是从足球场的球门上剪下的网。

"这些东西是干什么用的？"我不耐烦地问，然而同时我脑中却浮现出原本已经忘却的场景。

7

那是在夏天。我不记得是多久以前的事了，只记得太阳的光线相当炙热，蝉鸣声嘈杂得像是要把大气层都烧焦了。

我当时坐在客厅的沙发上发呆，所以那天或许是星期日吧。难得的假日使我得以放松身心，然而看到窗外晴朗的天空，却让我同时感到舒适与压迫感。没有半片云的蓝天虽然让人神清气爽，但相对地，也使我厌恶起只能在家里看电视的自己。

静江和康子也在客厅里。康子把笔记本摊开在桌上，默默地做功课。

这时和也出现了。他当时只是小学生。

"康子，我们走！"他威武地呼唤妹妹的名字。

我不耐烦地抬起头，看到他头戴安全帽，右手拿着木弓和自制的箭。

"和也，你怎么了？"静江瞪大眼睛问。

我看到他那副模样的瞬间，脸上一定露出了不悦的神情。和也当时大约是四五年级，即使以这个年龄的孩子而言，他的模样也未免太幼稚了。

"哥哥，你怎么了？"康子也抬起头，惊讶地问。

和也一脸认真地回答："康子，我们走，跟我一起去打倒魔兽！"

魔兽？老实说，他这段如同儿戏的发言让我感到幻灭。虽然我从不觉得自己的儿子有多聪明，但听到他唐突地说起"打倒魔兽"这种话，不禁绝望地感觉到这小子实在没救了。

"去哪里？要去哪里？"康子的年纪虽然比较小，想法却实际多了，"真的有魔兽吗？"

"在兵库县。"和也很肯定地说，"妈妈，我们要去兵库县，给我钱。"

"兵库？"静江有些不知所措地反问。

和也点点头,以认真的表情环顾我们三个人,缓缓地说:

"刚刚电视上说的。"

"说什么?"

客厅的电视机直到刚刚都还在转播高中棒球的决赛。最后一局当中,原本落后的队伍在两人出局的情况下打出了精彩的再见安打。

"刚刚他们说,"和也继续发言,"甲子园住了一只魔兽。"①

8

我不记得当时自己做出了什么样的反应——不,我想当时的我一定像是看到丑恶的虫子般露出嫌恶的表情吧。但是现在的我却感觉到一股柔软的空气流经胸膛,仿佛有一个轻飘飘、令人发痒的块状物从腹部涌上喉咙,最终形成舒畅的气息自口中蹦出来。我一开始甚至没有发觉到那是笑声。

我笑了,自己也同时感觉到脸部肌肉的紧张感解除,脸颊松弛下来。

呵呵呵——我听到笑声,转头看到康子也在笑。她的眼尾下垂,以手掩住嘴角。

---

① 甲子园球场是日本全国高中棒球比赛的举办地。由于球场中时而会出现强劲的海风而影响击球,甚至造成比赛比分逆转,因此转播比赛时球评家便常以"甲子园中住了一只魔兽"来形容此状况。

静江高兴地看着我们。"你们还记得吗？"

"魔兽啊——"我皱起眉头，但绝对不是不高兴的表情。

"是魔兽。"康子边笑边点头，很肯定地回答。

"那真的很好笑。"静江把手中的安全帽收回纸箱。

康子以兴奋的声音说："当时我真的好感动。"她露出怀念的神情，"我那时候就了解到，哥哥拥有别人没有的东西。"

"别人没有的东西？"静江追问。

"没错。"康子微笑着说，"哥哥拥有很特别的东西。"

"特别？"我像只鹦鹉般重复这个词，并下意识地接道，"他是个特别的傻瓜！"

"别这么说。"静江皱着眉头指责我。

我连忙闭上嘴巴。我想起康子过去曾狠狠地指责我，骂别人傻瓜的才是傻瓜。但我刚刚说的"傻瓜"并不带有贬低的意思。

康子没有生气。她的表情仍旧很温和，仿佛同意我的看法。"没错，"她说，"哥哥是个特别的傻瓜，竟然会想到要去狙击甲子园的魔兽。"

我无奈地问静江："你就是因为想让我们看这个，才把康子叫回来？"

"怎么说呢？"静江低头看着纸箱，似乎在思索适当的措辞。她沉吟了一会儿才吐出一句："难得有这个机会，我真的很想让和也打倒魔兽。"

我感到有些讶异："魔兽被打倒了吗？"

"我不知道。"静江歪着头回答。

和也头戴安全帽、一脸认真地站立在眼前的可爱模样清晰地浮现在我的脑海中。

"爸爸。"这时康子站了起来。她看着我这边,脸上露出严肃的表情,似乎准备讨论重要的议题。

我吞了一口口水,在她凌厉的气势逼迫之下,将背脊紧贴在椅背上。

"我在爸爸的苛求之下,一直过得很辛苦,老是在意自己的成绩和排名。"她的口吻仿佛在宣读罪状。

在这个瞬间,我终于了解,女儿这段充满憎恨与愤怒的指控或许就是所谓的"魔兽"。

"你老是把别人当傻瓜,跟你住在一起,连我的个性都变得很焦躁。从小我就老是承受压力。哥哥的死,我相信也是爸爸害的。"

此刻我确实地感觉到,肉眼无法见到、却长年蓄积的憎恶形成了魔兽,从我的视线上方朝我展开沉重的攻击。再过三年,世界就要毁灭了,魔兽或许要赶在那之前逮住我。我只能紧闭嘴巴,默默地看着康子。房间里的光线仿佛变暗了,墙壁染成黑色,我感到呼吸困难。我不知道该看向哪里,强忍住想要闭上眼睛的冲动,看着自己的女儿。

"不过啊,"康子说到这里,吐了一口气,不知是在叹息还是发笑，她的表情似乎和缓了一些，眼神也不再咄咄逼人，接着她说，"不过啊，我决定原谅你了。"

"什么？"我的声音不自觉地变了一个调。

"看到哥哥的安全帽之后，我忽然觉得这一切都无关紧要，所以我决定完全原谅你了。"

我从来没听过女儿竟然胆敢对老爸用"原谅"这种词，不过我并没有生气，只勉强说了声："是吗？"

9

隔天早上，康子就要回东京了。我们送她到停车的地方。她坐上驾驶座，扣上安全带，打开车窗，对我们挥手。她的左手无名指上戴着戒指，但我们直到最后，谁也没有提起这个话题。

"爸爸，你应该跟妈妈道歉才行。"康子探出头说。

"道歉？"

"你一直把她当傻瓜。我想妈妈一定很生气。"

"别傻了。"我瞥了一眼站在旁边的静江，"你说是吗？"

"我的确在生气。"静江的声音似乎比平常稍微尖锐了一些。

"看吧。"康子开怀大笑，"爸爸，三年后，当世界末日来临，待在你身旁的大概就只有妈妈。你最好事先讨她的欢心，免得她到时候不愿意跟你在一起。"

"别傻了。"我又脱口而出这句话。我再次偷偷瞥了静江一眼，看到她的表情有些僵硬。"我跟康子不一样，不会轻易原谅你。"

车子发动了。

我想起那座公园，并试着想象三年后我和静江坐在长椅上等候末日降临的样子。面对洪水和倒塌的建筑，应该绝对不可能保持平静的态度，但那幅景象却显得相当安详。我们俩都驼着背，眯着眼睛看着夕阳，欣赏红蜻蜓优雅的舞姿。我甚至觉得等候我们的是平静而又悠闲的时光。

"爸爸，你要加油哦。"康子大声说，"反正还有三年的时间呢。"

她用"反正还有三年"这样的说法，给了我无比的信心。

"喂。"

"我不会轻易原谅你。"静江再次以强调的口吻说了这句话。

太阳封印

1

我相信，拥有选择的自由反而是一件令人痛苦的事情。

我坐在公寓的和室里，一手拄在桌上，看着佛坛上母亲的遗照。

右手边的餐具柜上，青蛙模型的时钟指向傍晚五点。再过一会儿，美咲大概就要回来了。"决定好了吗？"她一定会用一贯直截了当口吻问我。她今年三十四，比我大两岁，十分清楚我优柔寡断的个性。

怎么可能决定好呢？

我叹了一口气，内心对黑白照片中的母亲这么说。银色相框中的母亲板着一张脸。"如果有某种优柔寡断个性的比赛，你一定会得到第一名。真没想到我会生下你这种儿子。"母亲独力扶养我长大,打从我人生的初期就一直这么对我说。搞不好就是因为她不断催眠,才会让我深信自己真是个优柔寡断的人。

"不过个性优柔寡断的人一定无法决定要不要参加比赛,所以这场比赛大概从一开始就办不成吧。"十年前刚结婚的时候,美咲曾经这样反驳。母亲非常中意这个回答,也连带地喜欢美咲。

我不需要选择的自由,宁可没有选择的余地。如果是开车旅行,我希望前往目的地的途径只有一种;如果是简餐店的午餐,我也希望只有固定的一道菜。

"不论做什么选择,事实上都不会有太大的差别。"美咲每次都这么说,"如果事后才后悔当时应该做别的选择,就表示不论选哪一条路都会得到相同的结果。"

有一次我曾经问她:"决定和你结婚,应该算是很重大的抉择吧?"但她的回答却很简单:"当时的决定权不在富士夫的手上。"

"是吗?"

继续待在这间六个榻榻米大的和室里苦思不会得到答案。我站起身,扭转上半身开始做伸展操。

我走到客厅,从衣架上拿下外套,穿上之后转过身,隔着蕾丝窗帘望了一眼窗外。秋天的鱼鳞状云朵薄薄地蔓延在天际。太阳快要下山了。不知是否心理作用,最近的夕阳和云层显得特别美丽。面对慌张失措的人群,周围的自然环境似乎变得格外活泼。

我走进厨房。瓦斯炉上的锅子里微微飘散出煮白萝卜的气味。昨晚的鲡鱼煮白萝卜还剩下一半。

"你听了不要惊讶。"昨晚吃晚餐的时候,美咲突然提起这个话题,她的口吻相当轻松,就像是在咀嚼过白萝卜的美味之后顺便夹起鲥鱼一般,"没想到我竟然怀孕了。"

"什么?"我目瞪口呆地问。

"我今天去了一趟医院。"

"我记得你说你好像感冒了。"

"事实上,我是觉得身体状况不太对劲,就猜想搞不好是有了。"

"搞不好?"

"婆婆以前不是说过吗?'这世界什么事都有可能发生'。"

"她什么时候说的?"

"大约五年前。"

"哦。"我点点头,"那时候的确什么事情都有可能发生。"当时街上——不,恐怕在全世界的每一个角落——陷入一片混乱。自暴自弃的人们四处掀起暴动,或抢夺物品或放火烧房子。有些人觉得既然再过八年陨石就要掉下来了,继续活下去也没有什么意义,于是纷纷跳楼自杀。这种人其实很多——他们认为与其等死,不如先死掉算了——这个理论听起来虽然奇怪,但当时真的什么事都有可能发生。

"你真的怀孕了?"

"怀孕八个星期了!"美咲轻松地笑着说,就跟往常的她一样,"你说,我们该怎么办?"

"你问我该怎么办,我也没办法回答啊。"

美咲的脸上毫无苦恼的表情，以愉悦的神情看着我。"生孩子或不生孩子——选择的时刻到了。你最擅长做选择了，不是吗？"她说。

我看了一下餐桌旁边挂的月历。昨天的日期被签字笔圈起来，上面有美咲的字迹："14:00 丸森医院"。丸森医院距离"山丘城镇"大约两个公交车站之遥，是一间小小的医院。美咲似乎就是在那里接受了诊断。我真没想到医院竟然还在正常运作。

我把钱包塞进口袋里，走向玄关。途中，我返回和室去拿钥匙，瞥见照片中母亲的视线。"你能够下定决心吗？"她的表情似乎在试探我。

2

坐电梯时我感到有些紧张，因为这会让我想起五年前的八月十五日。

当时美咲和我刚刚在仙台市的旅行公司搜刮年底海外旅游的小册子回来。那一年的夏天和往年相比，气温偏低，但当天却特别炎热。只要身体一动，运动衫上的汗水就会黏到肌肤上，让人感到相当不快。

我们走进公寓的电梯等着上六楼。"这么热的季节还要计划去夏威夷旅行，真是疯了。"我和美咲翻着小册子讨论。这时，大约是在二楼吧，电梯停下来，一名妇人走了进来。她按下八楼键，瞥了我们一眼便移开视线，但最后终于按捺不住了，目光闪烁着问我们："你们听说了吗？"

"听说什么？"我们原以为她要聊聊公寓住户的八卦或是社区收垃圾的相关讯息，但是错了。她的话题格局更大，关乎"全世界"。

"从刚刚开始电视就很奇怪，每一台都播放同样的内容。"

"出故障了吗？"

"电视上一直在播奇怪的新闻。"

"奇怪的新闻？"

"他们说，再过八年，小行星就要坠落到地球上，摧毁全世界。"

听到家庭妇女提起"小行星"或"摧毁"之类的字眼，感觉未免太幼稚，也让我觉得很可笑。

"大概是在开玩笑吧。"我回答。她皱着眉头说："也许吧。"接着又指着上方说："我正要到板垣太太那里讨论这件事。"她的表情仿佛在宣示：闲聊八卦是她人生最大的意义。

这条新闻后来证实并非开玩笑。到了晚上，看着电视不断播放的同一条新闻，我们终于不得不相信"这绝对不是在开玩笑"。我们试着连络母亲，但电话打不通。现在回想，当时电话打不通这件事反而比八年后的世界末日更让我们感到焦躁。

那天晚上，公寓的某一个房间发出了悲鸣声。接着从其他角落也纷纷传来悲伤的叫声，大概是公寓里的住户依照领悟力的高低顺序轮番发出绝望的发泄声吧。

在那之后，八月十五日除了是终战纪念日①之外，还具有了更特别的意义。

电梯到了一楼，沿着走廊走到大门，正前方并排着邮筒，上面摆了两只棒球手套。这两只手套已经在这里闲置很长一段时间了。

每次看到这两只手套，都会让我感到一阵忧郁。被遗忘的手套仿佛象征着迎向终结的世界，使我不自觉地避开视线。

走到户外，有一道和缓的斜坡，右手边是一块小小的花坛。不论何时经过，泥土的表面都相当匀称，也没有一根杂草，想必是某位住户持续在照顾这片花坛。

我并没有明确的目的地，只是期待到外面走一走或许就可以下定决心。话说回来，事情还真讽刺，当我们想要孩子的时候，完全没有成果；等到我们完全放弃，甚至整个大环境已经不适合怀孕或生孩子的时候，竟然中奖了。这个世界的确什么事都有可能发生。

3

我们夫妻两人打从结婚起就想要生孩子，并做了相当多的准

---

① 1945年8月15日，裕仁天皇发布《终战诏书》，正式宣布日本无条件投降，故此日为日本投降纪念日。

备和计划,却迟迟没有得到想要的结果。

"要不要去做检查?"美咲提议的口吻很轻松,仿佛只是请人鉴定古董般。于是我们便在七年前接受了检查。

"原因应该是在先生这边。"

我们去的是仙台市近郊一间以治疗不孕不育闻名的妇产科医院。医生在我们两人面前报告检查结果,说是因为精子的数量相当稀少。他的声音中不带同情也不特别冷淡,或许可以称之为"专业人士"的平淡语调吧。

"是无精子症吗?"

面对这个提问,医生只是暧昧地回答:"应该不算。"

"我们真的没办法生孩子了吗?"当我继续追问时,医生的眼睛亮了一下,说:"现在的医疗技术越来越进步了,所以不用担心。我建议你们接受更详细的检查。"

接着医生便对我解释我的身体状况,说有可能是数年前患流行性耳下腺炎发高烧的后遗症。

"对不起。"走出医院,我不自觉地说出这句话。

"你为什么要道歉?"美咲笑着问。

"因为原因出在我身上。"

"这又不是什么坏事。"她总是显得气定神闲,面对严重的问题也能一笑置之,"而且我还有点高兴。"

"有什么值得高兴?"

"老实说,我原本以为一定是我的问题,一直觉得很过意不去。不过既然是你害的,我就觉得轻松多了。"

"喂,别说是我'害'的。"我连忙更正她的说法,结果她改口说"多亏了你",听起来更怪。

之后两人就像平常一样,聊些抱怨公司的话题或从前看过的电影。不过在回程的公交车上,我终于将心中的担忧说出口:"该怎么办呢?"

"什么怎么办?"

"关于检查和治疗的事。"根据医生的说法,不孕症患者应该反复检查,经由治疗,或许可以提升怀孕的成功率。

"富士夫,你想怎么办?"

"是我先问的,你还反问我?这不太公平吧?"

"老实说,"她睁大眼睛盯着我,接着又眯起眼睛,露出笑容,"我怎么样都可以。"

这句话听起来应该出自优柔寡断的我比较合适。

"真不负责任。"

"我真的这么觉得啊。"

"可是还是有孩子比较好,不是吗?"

"是吗?检查要花钱,治疗也不见得轻松。"

"别吓我。"我虽然这么说,心中却犹豫不决。做出决断的重责大任压在我身上,让我不得不绞尽脑汁地思考。

下了公交车之后,走回当时住处的路上,我仍旧默默地思考。美咲一路上只是愉快地看着苦思的我。"不管怎么样,都没关系吧。"直到我们看到公寓的屋顶,她才快活地开口说,"好,决定了,目前就先保持原状吧。今后如果想要接受治疗再说,不然就维持现在这样就行了。"

她说完,重重地拍了拍我的背,就像是在鼓励失误游击手①的教练般。或许正是因为她宽容的态度,让我这一拖就拖了七年。

4

走在路上,一辆脚踏车突然在我身边停了下来。脚踏车原本是要经过我身旁,却紧急刹车,差点往前俯冲。我转头一看,发现原来是高中时代的朋友。"富士夫,我刚好有事要找你。"

"好久不见了。"这个朋友和我同样住在仙台市,现在也住在隔壁的镇上。虽然小行星发生骚动以来,碰面的机会少了,不过我知道他没有离开。他没有汽车,只有引以为豪的越野脚踏车,但脚踏车是不可能载着全家人逃跑的。"富士夫,你最近有没有空?"

"这三年我都有空。"

"要不要踢足球?"

我们两个高中三年都隶属于足球社。他踢中锋,我则是在敌阵乱窜的前锋。每当他将球漂亮地划过球场踢到我脚边,我就会

---

① 棒球比赛中负责防守二垒和三垒之间的球员。

十拿九稳地把它踢飞。但大家总是很宽宏大量地说:"别在意。虽然你常常错失射门机会,不过每次都能跑到恰当的接球位置。"当然,大家之所以看得这么开,也是因为我们的球队并不是那种够格挑战全国比赛的强队。

"土屋回来了。"他说,"我上次在理发厅看到他。"

"你们见面的地方还真奇怪。"我虽然这么说,但也知道现在街上的理发厅几乎都关门了,要找一家仍在营业的店相当困难。也因此,理发厅不论何时都客满。即使世界末日就要来临,头发依旧会继续变长。

"我跟土屋聊了一会儿,就讨论到要找住在附近的伙伴组成球队踢球。"

"过了三十岁的大叔还这么热烈地讨论足球,感觉也挺妙的。"

"这样才有意思啊。"

虽然不知道为什么这样才有意思,不过我还是回答:"好啊。"不知道有多少年没踢足球了,球鞋应该还没丢掉吧?我在脑中搜索着家里的每个角落。

接着他立刻跟我约定,明天下午一点,在河堤球场见。

"好久没有看到土屋了。"我想起高中时的足球队主将英勇的模样。

"即使是擅长'大逆转'的土屋,也拿陨石没办法。"他露出有些遗憾的笑容。

"政府说那是小行星,不是陨石。"

"还不都一样！"

土屋是我们足球队的核心人物——不论是在技术层面或精神层面。他的智力在高中的友人当中也显得特别突出，虽然不喜欢出风头，紧要关头却能够担负起领导众人的责任。身为弱小球队的门将，他必须孤军奋斗地面对如箭矢般的射门。即使是落后许多的局面，不到最后关头，土屋仍旧不放弃希望。当我在中场休息时显出沮丧的样子时，他会安慰我："只要撑下去，一定可以大逆转。"他的笑容仿佛是在讨论已经知道结局的电影般。大逆转有时发生，有时不发生。但只要看到土屋自信的态度，就会让我们——至少是我——感到心安。

"对了。"临走前，我问他，"我有个熟人怀孕了。"这句话掺杂着些许谎言的成分，"她找我讨论，该不该把孩子生下来。"

"即使现在出生，也只能活三年啊。"他虽然这么回答，但自己也有一个才七岁的女儿。

"这样有没有意义吗？"我抓抓头问。

"是否有意义，最终还是得由她本人来决定才行。"

"说得也对。"

"如果是我，就不会考虑生孩子。"他说完，跟我说了声"明天见"，就踩着脚踏车离开了。

我孤单地留在原地，想要继续前进，却不知道该去往何处。我停下脚步，忽然抬头望了望天空。天上的云无声而匆促地飘动，这一瞬间，即将冲撞地球的陨石突然化作现实的恐惧，沉重地压在我身上。等我察觉异状，已经蹲在地上，胸口和腹部之间也感觉到疼痛。晕眩和胃痛让我不知如何是好。我站起来，做了几次深呼吸，摇摇头告诉自己："忘了吧，忘了这件事。"接着继续向前走。

我的脚步来回游移，不知该回公寓还是去公园。"每次像这样犹豫不定的时候，都是美咲帮我做主。"我这时深切地体认到这一点。

5

我和美咲初次相遇，是在十二年前，当时我还在东京念私立大学。

当时我正要去参加一场和女大学生的联谊。"因为有一名参加者临时生病缺席，所以请你递补出席。"——我记得当时获邀参加，好像是因为这样的理由。

我在浜松町办完事之后，为了赶去联谊地点所在的池袋，走到车站的售票机前查看路线图，才发现面临一大难题。

我知道搭山手线[①]可以到达会场，却一时无法判断该选内线还是外线。从路线图来看，池袋似乎在山手线的正中央，停靠的车站数目也差不多。既然无从决断，就表示不论坐哪一条线都一样，但对于优柔寡断的人来说，即使心里明白这一点，也无法下

[①] 此为日本东京的铁路路线之一，环绕东京都心环绕运行，分为内环绕和外环绕。

定决心。

"你想去哪里？"这时身后有一名女性问我。她就是美咲。我挡在售票机前一定很碍事，但她并没有表现出生气的样子。

我向她解释状况，她便笑了出来："不管搭哪一条线，顶多只差一两分钟而已。"

这一点我也知道——我回答她。就是因为没有太大的差别，才会让我犹豫不决。

她听了便提出更可怕的建议："既然这样，干脆先搭京浜东北线到田端，再搭山手线好了。"

我拼命摇头，有些恼羞成怒地说："请你别再替我增加选择项了。"

"我知道了，那就让我来替你做决定吧：山手线，内线！"

或许是因为被她的气势压倒，我遵从了她的建议，向她道谢之后便走向山手线内线的月台。不知为何，她也跟着我上了车。我们在车上聊得很起劲，最后我放弃了递补参加联谊的机会，因为美咲替我做了那个决定。

五年前，当小行星的新闻炒得正热的时候，也是美咲决定要留在公寓里静观其变。那时正是母亲所说的"什么事都有可能发生"的时候。

起初的一年半里，流行各式各样的谣言，新闻报道也多毫无根据且真伪难辩，大概连媒体都慌了阵脚吧。

最恶劣而且影响最大的就是诸如"大洋洲地区不会受到牵连"

或是"海拔一千五百米以上的高地会安全"之类怂恿人们迁移的谣言。

住在附近的邻居们纷纷打包行李出门,休旅车和露营车的需求量大增,形成供不应求的局面。等到制造商发飙"都到了这种地步,我们也没心思生产汽车"的时候,许多人都已经购买了大型车,过着四处迁移的生活。

我的天性就是容易受到周围的人的影响,常常左顾右盼,因此当时相当苦恼。我感到不安,觉得如果不和大家一样到外面去,或许就会来不及了。然而我又没有自信能在新的环境生活,只能沉着一张脸苦思。

当时美咲的反应仍旧如常。"怎么办?"她先这样问我,等到我告诉她"其实我也在烦恼"之后,便笑着说,"我知道。富士夫,你总是在烦恼。"

"我觉得我们好像应该跟大家一样,出发去别的地方吧。"

"决定了。"她发出明晰的声音,像是要以言语劈断竹子般干脆,"我们在这栋公寓里继续待一阵子吧。去搜刮一大堆食物,躲在这里。反正即使想迁移到别的地方,我们的小汽车也开不到太远的地方。"

"我可以换新车。"

"不要。我喜欢那台车,而且一月时刚刚送检,雨刷也才刚刚换过。"

面对世界末日,还在乎"车检",未免太小家子气了,但她的这段话让我感到温暖而安心。

"我们就在这里生活吧。不要紧的。"美咲说到这里，又拍了拍我的肩膀。

"不要紧？什么不要紧？"

"陨石不会掉下来，我们两个在这里生活一定会很快乐。"

她的话只说中了一半。陨石会掉下来，生活很快乐。不过，同样是一胜一败，或许这样比颠倒过来的情况好一些。

6

最后我选择到公园，坐在长椅上望着夕阳发呆。回到家里，我正在准备晚餐，美咲回来了。我条件反射性地看了一眼青蛙模型时钟，时间已经接近七点。

"店里关门之前突然涌进一大堆客人，收款机前面排了好长的队伍。"她脱下夹克，挂在衣架上。

"收款机前排很多人又不是一天两天的事了，你为什么不提先回家呢？"我的视线不自觉地飘移到她的肚子上。毕竟她也算是一名孕妇，应该多注意身体才行。

美咲在超市担任兼职的店员。那家店里只有两台收款机，店面也很小，但如今食品商店数量大减，因此这家仍旧在营业的超市成了相当宝贵的存在。

基本上，即使是农户或养鸡业者，也有一大半因为逃命、退隐或死亡而消失了，店家要寻找货源相当困难。而且商店往往会成为抢劫的目标，因此很难经营下去。

然而美咲打工的超市却在这样的困境中持续经营。当街上的佐伯米店终于宣告结束营业，居民们纷纷觉悟"这下子要买不到食物"的时候，这家超市却突然重新开张了。

店长或许是敏锐地察觉到街上的气氛变得和缓许多，因此挺身而出，宣称"这种时候开店才是真正的生意人"。

"店长这个人——"美咲说，"不知道应该说是太有气概还是太有自尊，总之他很容易为这种事情燃起热血，充满使命感，喜欢挑战不可能的任务。"她的语调中，无奈与称赞的成分各占一半。

"听起来还真像正义使者。"我纯粹地感到佩服。

"他本人似乎也以此自居。他很喜欢超人英雄之类的人物，还自称为队长。"

"队长？"这个称呼还真是莫名其妙。

"'队长'这个称呼听起来很威风，所以他大概觉得这是尊称吧？他这个人原则上是个好人，所以没有太大的问题。不过说实在的，应该算是怪叔叔吧。而且他还称呼客人为民众，也许他是以拯救民众的队长自居的。"

"他自己还不是民众之一吗？"我感到有些不可思议。美咲笑着更正我："他不是民众，是队长。"

美咲换衣服的同时，我将碗盘一一搬到餐桌上——两只碗，盛了昨晚煮的鲫鱼白萝卜的两个盘子，两个汤碗，还有两双筷子。

辞去工作之后，家事就由我来负责。我煮的菜，说得好听一点是男人的料理，事实上只是偷工减料乱七八糟的料理。我顶多把家中的食物加热煮熟或烤熟，调味料则只有盐巴或酱油。因此虽然每天用的材料和处理方式都不同，厨房里却总是弥漫着同样的气味。

"决定好了吗？"吃完饭后，美咲挥舞着筷子问我。

"啊？"

"富士夫，你下定决心了吗？"她的眼神中流露出兴奋的光芒，夸张地摸了摸自己的肚子。看她一副早就知道答案的表情，虽然有些不甘心，但我只能老实回答："我还在考虑。"

"幸好。"美咲深深叹了一口气说。

"幸好？"

"因为如果现在立刻做出决定，就太不像你的作风了，一定是假的富士夫。"

两人洗完碗盘，就把黑白棋的棋盘放到餐桌上准备下棋。这是我们最近每天固定的活动，也可以说是我们家的最新流行。饭后要下黑白棋①。

我很喜欢黑白棋。其他的游戏——包括围棋、麻将或将棋②——都无法吸引我，唯独黑白棋让我无法抵抗它的魅力。

---

① 又称翻转棋，通过相互翻转对方的棋子，最后以棋盘上谁的棋子多来判断胜负。
② 又称日本象棋。

玩麻将必须选择丢哪一张牌、要不要吃碰杠、要不要叫胡，等等，凑牌方式也有很多种；下将棋必须选择移动哪一颗棋子，赢棋的策略也千变万化；至于围棋，则在棋盘上的任何位置都可以下棋。相较之下，黑白棋的选择就少多了。棋子只有黑白两色，一旦落下棋子就无法移动，只能下在可以翻转对方棋子的位置，不用计算分数，游戏规则也相当单纯。

"我看你就是因为这一点才喜欢黑白棋。"

"你的观察真敏锐。"

我们这一个月的战绩几乎旗鼓相当。根据美咲在手册上记录的成绩表，她的胜率稍稍高一点。

"真安静。"

美咲边说边一口气把我的三颗黑子翻转过来。叩、叩、叩。我看着自己的棋子变成敌方的颜色，心中也觉得四周好安静。

一年前——不，半年前，只要一到夜里，就会听到街上处处传来人们的叫声。看着天色变暗，或许会让人们更深切地感受到"眼前一片黑暗"的绝望感吧。随着夜晚渐深，街头的地面仿佛蒸散出一股无可言喻的忧郁气息，并不时地传来女人受到袭击时的惨叫声、驱逐侵入者的打斗声以及悲叹世局的口角声。

然而现在却一片静寂。当窗帘拉上时，甚至会让人产生错觉，仿佛只有这栋公寓的这间房间孤悬在半空中，飘浮在夜空中，俯瞰城镇，轻飘飘地摇晃。也因此才听不到街上的声音，只听得到下黑白棋的声音——我几乎如此幻想。

街上之所以会如此安静，或许是因为交通堵塞的车阵噪音消失了。想要迁移的人早已迁移完毕，剩下的都是已经放弃迁移的居民。

"说来也很奇怪，"我落下了黑子，边翻转美咲的白子边开口说，"在这么安静的环境之下，我觉得等候我们的一定是幸福的未来。"

"不对。你再仔细竖起耳朵听听看。"美咲带着意味深长的笑容说。

我靠近窗帘，竖起耳朵倾听，但什么也听不到。"我没听到什么声音呀。"

"你没听到小行星接近的声音吗？"

"这一点都不好笑。"我在回答的同时，感觉胃部一阵紧缩。

真不敢相信，我和妻子下黑白棋的这段时间，小行星正以秒速二十公里或三十公里的速度接近地球。

"美咲，你有什么看法？"我虽然没到战战兢兢的地步，但仍试着以探询的口吻问。

"那边的角落被拿走的话，会损失惨重哦。"她指着我在黑白棋盘右侧角落置放的黑石。

"我不是指棋局，是关于孩子的事。"

"我知道。"她直视着我说道。

不知是否因为我太多心了，她嘴角的皱纹此时显得格外明显。美咲虽然已经三十四岁了，但看起来比实际年龄年轻许多，常常被误以为是二十几岁，体型也没有多余的脂肪。然而此时我才感觉到，她的年龄的确逐渐增长，眼角已开始出现细微的皱纹。

"我完全没想到会有小孩。"我尽量以开朗的声音说,"那个医生原来是个庸医。"

"他只是说可能性很低,所以不算是说谎。只是,我们老早就放弃了。"

"我真的已经放弃了。"我叹了一口气,"而且我也忘了这回事。"

"忘了?你是指避孕?"

"我甚至忘记只要发生性关系就有可能怀孕。"这是我发自内心的感言。十年前我们曾讨论过要生男孩还是女孩,现在想起来简直不可思议。我甚至忘了我们曾经想过要生小孩。我和美咲大概都不自觉地避免向对方提起孩子或生育的问题吧。

"生气吗?"美咲低下头,看着自己的腹部。

"生气?"我反问。不过我知道她的意思。的确,胎儿或许真的是在生气吧?我们毫无计划、毫不负责、毫无知觉地制造出这个生命,肚子里的孩子一定会忿忿不平地说:是你们自己不小心怀孕了,别装出一副苦恼的样子。"这孩子有生气的权利。"我老实说出心里的感想,甚至觉得有些恐惧。

"照一般常识来看,大概不应该生下这孩子吧。"美咲歪着头说,"再过三年就要结束了。"美咲看了看书柜旁边贴的月历,"只能活到三岁,实在有些残忍。"

"残忍,"——真的如此吗?我犹豫,"也许吧。"

"不管有没有把他生下来,这孩子大概都会生气吧?"她又看了一眼自己的肚子。

"可是,"我说出自己从昨晚就一直在思索的问题,"如果没事呢?"

有一瞬间,美咲停止了动作。"你是指,小行星不会掉下来?"

"嗯。即使掉下来,或许也有其他方式可以幸免于难。这样一来,搞不好就会后悔地说,当时应该把孩子生下来。"

我虽然这么说,心中仍不免自问:"怎么可能会有得救的方法?"我能想到的解决途径都已经有人尝试过了。各国政府彼此绞尽脑汁,在举行隆重仪式之后发射核子武器,也开始建造避难所。然而这些方式似乎都没有太大的作用。当然也可能即使有作用也没有人想到要通知像我这样的市井小民,令我看不出情势有任何好转的迹象。现实并没有办法变成像电影里演的那样。电影中的演员只是在演戏,然而现实中的政治家却真的恐惧到抓狂。

"怎么可能会后悔呢?"美咲笑着说,"如果能躲过小行星坠落的灾害,那就太值得庆幸了。我们两个一定会抱在一起庆贺,以后再想办法生孩子就行了。"

"说得也对。"我点点头,但并没有真的被说服。"可是啊,"我仍旧无法释怀,"我们花了十年的时间,好不容易才怀孕。"

"下次不见得也要等上十年啊。我听人说过,只要怀孕一次,以后就会比较容易怀孕了。"

"但是也有可能今后都无法再怀孕了。"

"那就算了。"美咲的态度很轻松,"我们直到现在都没有孩子,仍旧过得很快乐,今后继续维持这样的生活也不错啊。"

"我也这么想。"

"但是你并没有真的被说服。"

"我觉得这好像是一项考验。"我把视线移回黑白棋盘上,"咦?现在轮到谁了?"我问。"轮到你了。"美咲指着我说。于是我落下了黑子,吃掉两颗白子。

"你说的考验是什么意思?"

"我在想,如果我们放弃了孩子,或许就代表我们接受了小行星会冲撞地球的事实。也许有人正在某处观察着我们,看到我们放弃了,就决定让小行星撞上地球。"

"有人?你是指谁?"

"我不知道,总之是在远处观察着我们的某种存在。"

"上帝?"

"总不会是三丁目的山田先生吧?总而言之,我就是有这种感觉。相反,如果我们决定生下孩子——"

"小行星就不会撞上来?"

"也许吧。"

"这种看法未免太宗教了吧?"

嗯。我呻吟了一声,交叉起双手。"这样也算宗教吗?"我不太清楚这个定义,也感到有些奇怪,不知何时,宗教变成了非难性的字眼。

"可是如果生了孩子,三年后小行星还是撞上地球呢?难道你要说：'原来是我想太多了？'"

"这样是不是很不负责任？"

"也不会，应该没关系吧。"美咲真的很宽容。不论我提出什么意见，她都不会嫌弃，总是认真地回答我。很久以前，我曾经问了她一个很蠢的问题："你到底看上了我哪一点？"她一本正经地说："因为富士夫虽然优柔寡断，但其实都知道应该要做什么样的决定。"我听了很想哭诉，她未免太抬举我了。

"这么说来，你还是想生下孩子啰？"美咲直视着我的眼睛问。

"你可以再多给我一点时间吗？"

她并没有说：即使有再多时间，你也无法卜定决心。只说："我很想继续等下去，但这是有时限的。"

她说得没错。如果决定要拿掉孩子，就不能悠闲地等下去。

棋局重新开始。下到一半，美咲说："干脆这样好了，如果这盘棋我赢了，就生孩子；如果我输了，就不要生。你看怎么样？"

"我才不要这样。"

"开玩笑的。"

7

两天后，我在广濑川河堤的球场享受了睽违已久的足球赛。到场的一共有十二个人，分成六人一组比赛。

这些人大部分都是我看过的脸孔，有住在附近的四十多岁大叔，也有高中时期的学长。另外还有一个不知道名字的年轻人，听说是录像带出租店的店长。我以前常常经过那家店，怪不得看起来颇眼熟。

以这么少的人数要同时发动攻击和守备，是相当累人的事。我流了许多汗，气喘吁吁，脚步也摇摇晃晃的，但仍感到相当痛快。

大家连气都喘不过来了，更不用说彼此交谈，不过每个人的脸上都带着满足的表情。有人把全家都带来了，也有老人躺在球场旁边的草地上观战。

至于邀我参加比赛的同学则被太太斥责："这种时候还踢足球，真不知道在想什么。"看来每个人的情况都不太一样。

由于我们没有马表，因此比赛规则以先得三分的一队获胜。然而踢到双方各得两分的时候，所有人都已经筋疲力尽，于是就以平分收场。大家拖着脚步走出球场，但没有人想要回去。

土屋是在这时候对我开口的。我当时坐在长椅上，他便在我旁边坐下，说：

"富士夫，好久不见。"

"真的好久没见面了。"我也这样回答。几乎十五年没有见面的土屋增添了一些白发，眉间的皱纹也变深了，看起来更有威严。不过他仍保持着温和且予人安心感的气质，这一点让我感到很高兴。

"你结婚了吧？太太今天没有来吗？"

"她白天在超市打工。"我回答。

"只剩下三年了,你们不想尽量待在一起吗?"

"帮超市队长的忙也不坏呀。"

听到我这么回答,坐在右边的土屋反问了一声:"啊?"接着又说,"以前好像有这样的一部电影。"

"什么电影?"我歪着头问。

"主角是拿着电锯的英雄。"这个回答有些莫名其妙。

眼前是铺着沙砾的球场。除了球门、棒球用网子和分数板之外,没有其他的东西。后方是草丛,更远处则是广濑川。把视线移向右手边,可以看到横跨河川的桥梁。这座桥已经生锈,呈古铜色。听说几年前曾经发生过人们因为无法忍受交通堵塞而丧失理智纷纷从桥上跳河的事件。

天空很蓝,只有些许如刷毛般的白云,余下都是一片青灰。冷风吹在脖子上,不知是否因为流汗,感觉相当冰凉。河川中的流水声有如心脏鼓动一般,潺潺的水声,仿佛是耳中的细毛发出的振动声。

如果美咲也在身边,那就太棒了。我心中这么想,接着又想起关于怀孕和生育的老问题。

"对了——"

我想和土屋讨论这个问题,没想到他也同时开口说:"我啊——"

"什么事?"我让他先发言。

土屋露出微笑："我最近觉得很幸福。"

"这种时候？"我提出了理所当然的疑问，"只剩下三年了，你却感到幸福？"

"就是因为只剩下三年了。"土屋没有看我，他望着河流的方向，两边嘴角缓缓地抬起。

"土屋，你那么想死吗？"

"你说什么？"

"因为你说，就是因为只剩下三年，才感到幸福。"

"我有个孩子，"土屋说，"名字叫力奇。"

我想不出"力奇"的汉字该怎么写，便说："和《南极物语》里的领队犬名字一样。"

"你说什么？"土屋又笑着反问，"他今年七岁。"

"这么说，跟他的孩子一样大。"我指着留在球场上练习射门的队友说。

"好像是吧。不过力奇有点特别。"

"特别？"

"他生下来就有病。"土屋的话语中并没有哀愁，和高中时代的说话方式一样。

"是先天性的疾病？"

"既是先天性又是后天性的疾病，很厉害吧？"

我没有办法回答他很厉害。

"这就像比赛一开始就先奉送对手五分一样，而且还没有守门员。力奇等于活在压倒性失利的比赛中一样。"

接着土屋又说了一个我从来没听过的病名。他解释这种疾病的患者内脏比正常人小，而且会随着年龄增长而逐渐缩小。他的孩子双眼几乎看不到东西，也无法正常说话。

"真辛苦。"

我只能发表毫无帮助的感言。我想起高中时代的土屋，他非常受朋友信赖，总是稳重而乐观。我甚至觉得，也许我心中一直想要成为土屋这样的人。

"人生真的很难说会发生什么事。"

"怎么三十二岁就谈起人生来了？"我苦笑着说。

"喂，富士夫，你知道我跟我太太以前最担心的是什么吗？"

"不是孩子的病情吗？"

"嗯，也对。不过还有一件事，让我们随时提心吊胆。"

"什么事？"

"我们一直担心自己的死期。"

"死期？"听他话中的含意，应该不是单纯对死亡所怀有的恐惧。

"力奇虽然生病，但我们每天还是过得很快乐——我不是在逞强，我们真的过得很快乐。"

"我知道。"我印象中的土屋的确是这样的人。

"可是一想到将来的事，就让我感到无所适从。"

"什么意思？"

"我很担心力奇的将来。我和妻子都会变老，即使再怎么健康，总有一天会死去。我们死了之后，力奇该怎么办呢？"

"哦。"

"我每次想到这里，就会觉得一筹莫展。"

我盯着土屋的脸。

"只要还活着，我们就抱定决心要照顾他到底，但是当我们死了，就很难了。"

"嗯，我想的确会很困难。"

"这就是我跟老婆的最大烦恼。"

"原来如此。"

"只是啊，"土屋说到这里停下来，以掺杂着喜悦和困惑的眼神看着我，就像金榜题名的人以同情的眼光看着没考上的同伴一般，"现在只剩下三年了。"他补上这么一句。

我终于了解土屋的意思。

"三年后，小行星坠落地球，大家都会死，不是吗？那当然很可怕，但是现在我们夫妻的担忧已经消失了。我们大概会和力奇死在一起——正确地说，大家都会死在一起。这样一想，我的心情就轻松多了。"

我说不出话来。我心中涌起不知是感佩还是惊愕的情感，几乎无法呼吸。土屋强而有力的态度让我瞠目结舌。

"虽然对大家很过意不去——"土屋从高中时代就特别体贴他人的感受，"不过我最近真的很幸福。"

"土屋，你真厉害。"到头来，他和十几岁的时候没有丝毫改变。

"我不厉害。只是到了现在,我觉得'那个'真的发生了。"

"什么发生了?"

"大逆转。"眼前的土屋仿佛又回到高中时的模样,"大逆转发生了。"

我把自己的问题吞到了肚子里,眼角渗出的液体不知是汗水还是泪水。

"你看那个。"过了一会儿,土屋指着正面的太阳说,西沉的太阳呈现漂亮的圆形,仿佛黏在天空中的贴纸般鲜艳,"小行星坠落之后,当人类都不见了,太阳和云朵大概仍会留下来吧。"

"应该吧。"看那贴纸不像会被轻易撕下来的样子。

"这样想,就觉得安心多了。"土屋的这句话让我印象深刻。

我们两人站起来的同时,球场上的其他人也不约而同地聚集过来。大家虽然累了,却仍想要继续比赛,真是一群不知好歹的大叔啊——我不禁这么想。于是我们又开始踢起足球。

比赛重新开始后过了十分钟,土屋传来的球划了一个柔和的曲线,轻飘飘地传过来。我直接将球射入敌方球门,同时下定了决心。

8

球赛一直持续到太阳下山、看不清球为止。大家都气喘吁吁,彼此说着"下次一定还要再来踢球",便离开了河边的球场。我很想向土屋打一声招呼再走,但是在既昏暗又没有照明的球场上没找到他的身影。

当我回到家,美咲已经回来了。"今天发生了一些事,所以我提早离开店里。"

我感到不安,以为她身体状况出了问题。她立刻否定:"不是这样的。"但她很少不肯把话说清楚。

晚餐已经准备好了。厨房传来奶油酱和芝司烘烤的香气。我做的料理从来不曾有过这么浓郁的气味。不知为何,我感觉有些气愤。

我洗过澡,换了衣服,晚餐已经摆在桌上了,包括两人份的焗烤盘和汤盘、盛着意大利面的大盘子、空盘子和汤匙叉子各两份。芝司的气味勾起我的食欲,让我垂涎三尺。

"发生了什么事?你怎么会突然早退回家准备晚餐?"我边吃边问。美咲露出迟疑的表情,说:"有一件事情,我必须向你道歉。"

听到这里,我突然紧张起来,心中想象她大概准备告诉我她的决断。

如果是平常的我,大概会等她先把自己的意见说出来,再跟着附和:"好啊,就这么做。"那样轻松多了,就像当初她帮我决定该如何搭乘山手线,或是决定是否要离开这座城镇。

但今天不一样。我已经先得到答案了,而且这次的决定前所未有地果断。因此我抢先一步说:"我有话想要先跟你说。"

美咲一瞬间张大了眼睛,但立刻用半开玩笑的口吻说:"什么?"

"我已经下定决心了。"美咲大概没有想到我会说出这种话,拿着汤匙的手停在半空中,张着嘴巴停止动作。过了半晌她才问:"是你下的决定?"

不然还有谁?——我笑着回答,又说:"生下来吧。"我的语调既没有过度的兴奋也没有发抖,音量也没有特别小声,就像平常餐桌上的闲聊般普通。

"生下来?"美咲眨着眼睛问。

"我想了很久,终于决定了。"

我不知道让我下定决心的导火线是什么——是土屋儿子的病情?是"大逆转"这个强有力的字眼?还是久违的足球赛让我感受到的快乐?虽然不知道理由,但我就是下定了决心。"答案一开始就很明白,我只是没有勇气把它说出来而已。"

"你想把孩子生下来?"

"嗯,实际生小孩的应该是美咲才对,不过我觉得把孩子生下来比较好——不,一定要生下来。"

"基于道德的原因?"

"不是那么冠冕堂皇的理由。我只是觉得,孩子生下来之后,我们也会很幸福。不对,应该会更幸福。"我边说边开始喝汤,感受到一股令人安心的暖流经由喉咙通往胃部,"小行星或许根本不会掉下来,不是吗?一定没问题的。"我从来没想过自己竟然也会有如此果断地下决定的一天,心里感到相当高兴。我瞥了一眼佛龛上母亲的遗照,有些得意地想对她说:看,怎么样?"陨石不会掉下来,我们三个人住在这里也会活得很快乐。"我模仿五年前美咲的口吻说,"即使我们只能在一起相处三年,生下来的孩子一定也会很幸福。"

"真不负责任的说法。"她半开玩笑地指着我说。

"不,我虽然没有根据,却不是不负责任。"我反驳她。我昨天一直想着:该怎么做,美咲肚子里的孩子才会原谅我们?如果选择堕胎,他会原谅我们吗?即使生下来只能活三年,他会原谅我们吗?我一直在意这些问题。

"没问题。"这句话我仿佛是在对自己说的,"这不是原不原谅的问题。我有自信。"

美咲听到这里,露出想哭的表情。我从来没有看过她这样的表情——她眯起眼睛,眼中泛起薄薄的一层泪水——至少我是这么猜的。接着她把举到一半的汤匙放入嘴里,迅速喝了汤,低着头对我说:"富士夫,对不起。"

"啊?"这不是我期待的回答。

"我很感动,没想到你会做出这样的决定。我真的吓了一跳。"

"嗯。"我试探性地询问,"那你为什么要跟我道歉呢?"

"事实上,"当她开口这么说,我有预感,会听到未曾预料的讯息。此刻的气氛仿佛即将推翻一切,上演一场真正的"大逆转"。我先前的勇气突然蒸发得一干二净。我像一只胆怯的羊，忍气吞声等候她的回答。

"我今天在超市听说，"美咲显得有些不好意思，"丸森医院是一家不太可靠的医院。"

什么意思？

"尤其是那里的妇产科医生，误诊是出了名的。我们店里的客人就有两三个曾经被误诊过。"

"真的？"

"你没想到吧？"

"老实说，我现在全身无力。"事实上我真的双手发抖，连汤匙都拿不起来。当预料不到的事情发生，身体似乎会无法正常运作，"所以说，那个医生是庸医？"

"差不多。"

"那种人怎么可以在医院工作？"

"因为现在这个世界，什么事情都有可能发生。"她以同情的眼神，对我露出温柔的微笑。

9

隔天，美咲前往另一家值得信任的著名妇产科诊所，希望能够得到正确的诊断。

我原本提议开车载她去，但她坚持"这种事我自己去就可以了",最后我只好一个人留在公寓看家。

美咲猜测自己应该没有真正怀孕。"整整十年都没有怀孕,一开始就应该怀疑才对。"

我感到全身无力。也许是因为踢球后的肌肉酸痛,总之我只想躺在房间的沙发上,一动也不想动。

然而我内心仍旧为自己感到骄傲。

优柔寡断到连坐电车都会迟疑很久的我,面对生儿育女这样关系到性命的大事,竟然能够果决地选择答案,真的很了不起。

我并不只是口头说说而已。当我说出"生下来吧"的时候,我的脑海中清晰地浮现出未来的景象。我可以想象自己和美咲两人共同扶养小孩的情景,即使"三年后"死亡逼近之际,世界再度陷入骚动、抢劫与暴力泛滥,我仍会拼命守护孩子。我们一家三口围坐在餐桌前时,欢笑声永远不会停止。

我甚至确信十年后会和孩子一起玩黑白棋。"喂,也让我一起玩嘛。"美咲会有些吃味地这么说。"黑白棋一次只能两个人玩。"我会以抱歉的口吻回答她。"等一下才轮到妈妈。"小孩子则会老气横秋地这么说——我甚至幻想出这种温馨到令人脸红的情节。

到头来,如果真的是庸医误诊,幻想中的未来就会消失了。但昨天的决定让我对自己产生了信心,相信今后也能坚强地活下去。

美咲在傍晚五点前回到家。我正在切高丽菜,准备炒面,她慌慌忙忙地跑进来。

"你回来了。"我向她打招呼,她的脸上掺杂着喜悦、害羞和抱歉的表情。

"该不会——"我放下菜刀走近她,"你果真怀孕了?"

美咲笑了出来,双手合十像是要拜神。

"对不起,富士夫。"

"怎么了?"

"我好像还是怀孕了。"

"真的?"太惊人了。

"而且好像是双胞胎。"

我哑口无言。惊人的消息让我失去说话的能力。但是我知道接下来该说什么:"这样的话,我们就可以分成两组下黑白棋了。"

窗户后方,小小的太阳照着我的右脸颊。即使世界末日来临,大概也无法撼动这率直而强韧的光芒吧。

笼城[①]啤酒

[①] 此处有据城御敌之意。

1

"喂，不准动。"我将手枪指向坐在旁边的杉田。

"怎么了，辰二？"站在对面的哥哥问我。

"没事，只是筷子掉了，想要捡起来。"杉田露出狼狈而不快的态度。我原本以为"杉田玄白"①这个名字是他当主持人时的艺名，但看样子似乎是真实姓名。这个男人今年四十五岁，也就是说，四十五年前替这家伙命名的双亲并不是什么好东西。"这个世界只要有趣就行了。"他的父母亲或许也曾跟他一样这么相信吧？

坐在杉田两旁的妻子和女儿以不安的表情看着我。她们或许还没有搞清楚状况，面对在晚餐时间突然闯进来的我们，也没有

---

① 江户时代的西医，参与翻译西方解剖学作品《解体新书》。

显出特别畏惧的样子。

我低下头，果然看到一双筷子掉在那里。"捡起来吧。不过你要是敢轻举妄动，就别怪我开枪。"

我说完偷偷看了哥哥一眼。他收缩着下巴，脸上仍旧带着这十年来养成的冷漠面具，看不出任何情绪变化，银边眼镜后方的眼神照例显得死气沉沉。他只比我大两岁，今年三十二岁，外表却比年龄看起来更为苍老。与其说是老成或成熟，不如说是在面对死亡之际放弃成长的干燥花。

我们目前正在仙台市一处名为"山丘城镇"的住宅区，这里是大厦五楼的五〇九室。

"你们这种电视媒体人，都是些不负责任的家伙！"我面对眼前的杉田，不禁怒从中来。

看看柜子上的时钟，刚好指向晚上七点。窗户拉上了窗帘，但仍看得出户外的天空依然明亮。虽然现在是冬天，太阳却迟迟不肯下山，简直就像七月的炎热夜晚。最近这种气象异常和自然界的异变越来越明显了。虽然可以想见，这是逼近中的小行星造成的影响，但没有人讨论这个话题。不知道是因为恐惧而不肯承认，或是根本无心分析异常气象和世界末日之间的关系。

"怎么说？"杉田的态度并没有显出恐惧的样子，让我感到更加焦躁。

这间餐厅很宽敞，大约有十五个榻榻米大。开放式的厨房就在隔壁，和客厅相连。长方形餐桌底下铺着柔软的地毯。客厅中摆了一台宽屏幕电视，旁边堆放着音响系统。此外还有带透明玻璃窗的展示柜，里头摆放了许多张照片。

这些想必都是杉田和名人合拍的纪念照片吧。荣耀的记录——我感到恶心。这些照片代表着杉田的自我显摆和自满——利用他人的不幸，以毒舌主持人自居并窃喜。

"电视节目不是都喜欢追踪一般人身上发生的小事件或艺人结婚离婚的花边新闻吗？但是在世界陷入恐慌的时候，你们却一溜烟地不见了，"我说，"你们平常老是高唱'知的权利'和新闻自由，现在你却偷偷摸摸逃回仙台！"

"这里本来就是我的家。"

"在这之前你不是把家人都留在仙台一个人住在东京吗？你还自称是只身派驻东京的主持人，以此作为噱头。结果你还不是回来了！这种混乱的世局，不正是新闻从业人员大展身手的舞台吗？"现在留下来继续播报新闻的人已经屈指可数了。

"再过三年，小行星就要撞上地球，整个世界都乱糟糟的，在这种状况下还能做什么？谁还要看新闻？"

"现在仍有电视节目，也有人仍在继续工作。这应该是使命感强与弱的差别吧？"哥哥说。

"那些家伙只是没有其他事可做而已。那不是使命感，那只是自我满足。"

"你竟敢反过来批评别人？"我甚至觉得不值得对这种人摆出嘲讽的神情。

"你们一直高唱'电视新闻有报道真相的责任'。"哥哥的声音相当沉稳,"你们以正义使者自居,挖掘犯罪题材。在小行星冲击地球的消息证明是事实之后,看看这世界乱成了什么样子!这种时候,你们更应该继续工作吧?"

"那是——"杉田的眼珠子布满血丝,说不出话来。他瞥了一眼坐在自己左右两侧的妻女。她们面前摆放着浇了酱汁的牛排,撩人食欲的香气自桌面缓缓升起。还有高雅的玻璃杯,杉田和妻子面前的杯子里盛的是鲜艳麦色的啤酒,女儿的杯中则是冒着泡泡的黑色碳酸饮料。一想到他们悠闲地享受丰盛的晚餐,还以啤酒干杯,我就感到惊愕与愤怒。

"说穿了,你们无暇去管电视节目。"哥哥以平淡的口吻说,"看到一般人纷纷放弃工作,打算好好享受剩余的人生,你们无心乖乖待在工作岗位上。你们也发觉现在不是做电视节目的时候。只剩下几年的寿命,怎么能浪费在工作上——你们就是这么想的,不是吗?不管你们说得如何冠冕堂皇,这工作对你而言,顶多也只有这种程度的重要性罢了。"

杉田苦涩地摇摇头说:"也许吧。"

"你还好意思说!"

"那个。"这时杉田的女儿开口了。她的一头茶色头发留到肩膀,化妆很浓,是个身材娇小的女孩。再过三年世界就要结束了,没有人会高喊"教育是为了将来"或"培育承担未来世界的年轻人"之类的口号。目前大多数的初高中都已经停止上课。从女孩的年龄来看,她原本应该是女高中生吧。但看样子她并没有上学。"你们为什么要来我们家?"

"我们是来杀死你父亲的。"哥哥的回答很迅速,再加上他的语调中没有抑扬起伏,那种接近机械式的声调,使得包括我在内的所有人都来不及反应。

过了一阵子,杉田才挑起眉毛问:"为什么?"从他额头上流下的液体似乎是汗水,看起来和餐桌上牛排的油脂非常相似,"放弃报道工作的又不是只有我一个人,为什么特地找上我?"

"这和陨石没有关系。"我狠狠地说。

"我们是来替妹妹报仇的。"哥哥继续说,即使身为亲弟弟,看到他那没有表情的态度,仍不免让我毛骨悚然,"你杀了我们的妹妹。"

杉田脸上露出僵硬的困惑表情。

"我们无法忍受你和我们一同死于小行星灾难,一定要先把你宰了才行。"我似乎比自己想象的还要激动。

2

我们的妹妹晓子是在十年前死去的,比席卷全世界的小行星骚动早了五年。

事情要从那场围城事件说起。

犯人是三十多岁的女性,是一名闯空门的惯犯。这位女性被迫自化妆品公司辞职之后，或许是为了纾解郁闷的心情而选择犯罪，也可能是把它当作转行的选择，总之应该没什么大不了的动机。在某次闯进专供租住的公寓偷窃时，刚好碰到屋主在家，结果她采取了令人不可置信的举动：她以手枪威胁这名住户，据守在公寓中不肯离去。

闯空门的女窃贼竟然持有手枪——光是这一点就足以让人惊讶了。更奇怪的是，她只要乖乖被逮捕就算了，却选择监禁住户，原地据守，简直是自找死路。我为犯人思虑之浅薄感到讶异，如果是在平日，大概只会觉得"谁要管这种笨蛋"而不予以理会。然而事情没有那么简单。

住在那栋公寓里被挟持的人质是晓子。

"所以我才不想让她一个人住在东京。"母亲哀怨地说。我跟哥哥急忙带着母亲前往东京。我们待在现场附近，随时听取警察的报告，观察案情发展。

电视上播放着警察包围公寓的画面，与其说是新闻报道，不如说是在转播一场庆典。

女嫌犯很明显已经失去了理智，行为也脱离了常轨。"你们敢过来，我就立刻杀死她！"犯人这样威胁警察，在公寓里僵持了三天之久。

到了第三天，围城事件突然结束了。凌晨三点，犯人摇摇晃晃地出现在公寓门口。警察还来不及反应，她便举枪自尽。我和母亲当时刚好在睡觉，感觉仿佛挨了一记闷棍，只有哥哥亲眼看到整个经过。"那女的一副志得意满的样子。"他有些懊悔地说。现在想起来，他那时倒还保留着喜怒哀乐的情感。

晓子虽然身心俱疲，但对我们而言，却已经形同"安然无事"。三天的围城结束之后，我们都松了一口气，以为事件落幕了，可以恢复原来的生活。然而事实却刚好相反，灾难才正式开始。回到福岛的老家之后，媒体对我们展开了攻击。

我猜这或许和晓子的外貌有关。她皮肤白皙，身材苗条，虽然才十九岁，但看起来相当成熟，即使抛开做哥哥的偏心，也会觉得她长得相当美丽。她有一双大眼睛，眼尾微微吊起，显示出知性而坚强的性格，尖尖的下巴则带着纤弱的气质，两者之间的对比引来众人的注目。

在电视转播的三天中，全国一定有不少观众并不是将晓子当作被害者看待，而是作为另一种对象。有人将她当作美丽的悲剧女主角，也有人将她幻想为等待自己拯救的恋人。当然也有人可能以更狠毒的眼光看她，觉得这女人怎么这么不可爱，身处危难之中，却硬是逞强。总之，各式各样的人都对晓子抱以异样的关心。

满足国民异样关心的责任，似乎就落在了媒体的肩上。

电视台和周刊记者纷纷来到我们家，想要采访晓子。他们猛按门铃或敲门，甚至试图从对面的公寓偷拍。这些人既没有节操，也没有常识，更不懂得客气。

我们一开始以诚恳的态度面对——不，正确地说，面对记者的是哥哥。我原本就口碑不好，态度也很差，母亲则处于精神衰弱的状态下，哥哥便一肩挑起所有责任。他说："母亲跟阿辰负责照顾晓子，外面的媒体就由我来对付吧。"哥哥尽可能以最诚恳的态度来面对记者——至少我是这么认为的。现在回想起来，他那时称呼我时，还很亲昵地叫"阿辰"，而不是全名"辰二"。

记者们执拗而卑劣，以假惺惺的态度掩饰粗暴的行径。他们打从一开始就没有想过要体谅被害者和家属的心情，只顾着要得知晓子的状态、拍她的照片。有的记者故作热心地说"我们是同情你们的"，有的眼中泛着眼泪自称"我们为自己的工作感到骄傲"，但这些人的行为跟其他记者没有两样。

另一方面，也有毫无根据的八卦流传，例如"晓子和犯人原本就认识"或是"事件的起因是晓子抢走了犯人的男朋友"之类，这也是媒体不肯离去的理由之一。只要话题性和观众的好奇不停止，媒体就会继续坚持他们的使命感。

不久，报道开始出现挑衅的标题，例如"晓子曾和众多男性劈腿"、"被监禁的时候晓子全身赤裸"，等等。当得知事件发生当天晓子没有锁上房门时，媒体又开始指责是晓子的粗心诱发了犯案，暗示她是自作自受。这些人一开始试图以甜言蜜语接近，发现对方不肯领情，就摇身一变伸出利爪攻击。这大概就是媒体的本质吧。

有一天，哥哥终于对电视台的记者发火，质问："你们为什么要缠着我们?"这大概是事件结束后一个月左右的事。"你们应该去调查犯人吧?犯人虽然已经死了,但她才是罪魁祸首。你们为什么不去追查加害者,而来纠缠被害者的家属呢?"他的态度虽然不失礼貌,却充分表达出内心的愤怒。

这段影片又出现在了电视屏幕上,当时我们刚好在吃饭。虽然不想去看,却看到了,还听到节目主持人这么说:"当然是因为很有趣啦。与其追逐死掉的犯人,还不如找这家人采访有趣得多。"这个和《解体新书》译者同名的人气主持人得意地对着镜头恬不知耻地说:"越是装成可怜无辜被害者的人,其实越强悍。"

我们全家人都感到无比的愤怒,激动得说不出话来。母亲拿起遥控想要关掉电视,这时杉田说:"现在进一段广告。"到现在我还记得那时杉田的脸上有一瞬间表现出沉痛的表情,看上去好像是在电视画面还来不及切换成广告时不小心流露出了自己的真实情感。他皱起眉头,似乎是在对工作人员抱怨:"坏人真不好当。"

说来可耻,我当时老实地以为"原来这男人也不自己喜欢做这种攻击性的发言"。大部分的观众恐怕也都这么想吧?

然而只有哥哥不一样。"他是故意装的。"他立刻评断。

"什么?"我反问哥哥。

"痛苦的表情在他的计算之中。他只是假装不小心让刚刚的发言出现在电视画面上,但其实应该是故意的。他一边扮演坏人,一边又想要讨好观众。"

我不禁佩服哥哥的敏锐，同时也感到怒从中来。我闭上嘴巴。晓子立刻站起来，回到自己的房间。现在回想起来，哥哥就是在那时候失去了情感的起伏，变得冷酷，面无表情。他不再回应媒体的采访，只是保持缄默，不论对方说什么都不予理会。我之前都像称呼朋友般叫他的名字"虎一"，但是在那之后却只敢叫他"大哥"。我开始对完全摸不透其内心的哥哥感到恐惧，不敢再随便直呼他的名字。

晓子自杀的前一天，最后和她说话的人是我。她来到我的房间，缓缓地问我："辰二哥哥，你记不记得有一部剧集，叫什么囚犯的？"

"亡命囚犯？"

"对，就是那个。"

"真令人怀念。"小时候我们常看那部电视剧集。也有漫画版，只是不知道被丢到哪里去了。

这是一部连续剧，叙述逃狱的囚犯拼命逃跑的过程，剧情并不新奇，但我们当时都看得相当投入。杀人罪起诉的时效是十五年，所以在节目最后，犯人总是会说一句："只要逃亡十五年就行了吧？绝对没问题。"现在回想起来，这实在是很恶劣的一句话。但小时候只要我和哥哥模仿主角说出这句台词，晓子就会高兴地拍手叫好。

"可我们为什么要逃呢？又没有做坏事。"晓子以开玩笑的口吻说，"这样简直就像那部剧集的主角一样。"

"可是仔细想想，那个逃犯其实是杀人犯，所以不应该太支持他的。"

"而且最后他还是被抓起来了。"

那个主角虽然夸口要逃亡十五年，但是在最后一集还是被送进了监狱。"是谁说没问题的？"我们都感到失望，也学到"做坏事的人果然还是会被逮捕"的教训。不，就这点而言，犯人在逃亡的阶段就已经不存在所谓犯罪时效的问题了。

最后晓子低头说："虎—哥哥变得好奇怪。"

"哥哥只是累了。"我虽然口中这么说，但心里也知道哥哥态度的改变并不是因为疲劳，靠睡眠、休养或是温泉旅行也无法治愈。如同处于严苛环境中的动物，遭到人类背叛之后，原本温和的性情转为凶暴；哥哥的改变也类似这种情形。

"是我害的吗？"

"不是。"我强烈地否定，"他一定很快就会恢复正常。"

晓子走出房间的时候，我又模仿剧集的主角说："别担心，绝对没问题。"

但妹妹并没有露出笑容。

3

"你们就是福岛的那家人？"杉田张开嘴巴惊讶地说。他树枝般粗壮的手指无力地指着我和哥哥。

"没错。我们就是被你们这群记者包围的强悍的一家人。"哥哥冷酷的声音与其说像是射穿对手的箭矢，不如说是砸向对方的冰块。

连杉田的妻子和女儿都不禁紧张得全身僵硬。

"最近没看到你上电视，原来是躲到这里当起好爸爸了。"我越说越激动，"所以我们才会追到仙台来。"

"小行星再过三年就要撞上来了。"哥哥突然冒出这么一句话，"如果这项信息没有错误。但即使如此，你仍旧可以和自己的妻子和女儿迎接世界末日的来临。即使小行星撞上来了，你仍有家人陪伴。相较之下，我们却连这一点幸福都无缘享受。妹妹和母亲都离开了我们。"

"令堂也去世了？"杉田的妻子开口问。

"你们不知道吧？"我的脸颊紧绷，挥舞着手中的枪管，"晓子自杀之后，你们这些媒体记者突然消失了。"

"难道你希望我们在令妹自杀之后继续采访吗？"杉田像是突然按捺不住情绪般反问。

"你的脸皮还真厚，竟然讲得出这种话！"我举起拳头，想要狠狠揍他一拳。"住手！"哥哥制止了我。

"喂，你虽然这么说，但是当初你们并不是因为体谅家属的心情才罢手的，而是因为自知晓子的自杀是你们害的，不是吗？"哥哥说，"你主持的是那种靠哗众取宠来提高收视率的节目。晓子死了之后,你们并没有学会自制,也没有任何反省之意。这对你们而言,就好像开车撞死了一只猫,只觉得:'该死,不小心把猫撞死了,真不舒服,换条路好了。'你们只是基于这样的理由才停止采访,如此而已,所以当然不会知道我们母亲已经死了。因为你们对此完全没有兴趣。"

我听着哥哥说话,想起了当时的情景——那天母亲在浴室待了一个钟头都没有出来,哥哥担心地进去探查,才发现母亲服了安眠药之后沉到了浴缸的水里。

"那么你们打算——"杉田一脸茫然地开口。

"我们是来报仇的。"哥哥平静地回答,"不能被小行星抢先一步。"

电话铃响了。所有人都转向声音的来源。电话所在的柜子刚好在我旁边,哥哥便命令我:"辰二,你去接电话。"接着他又将枪口指向杉田一家人,说:"你们敢乱动,我就开枪。"他虽然这么说,但并没有打算立刻开枪,想必是因为仅仅杀死杉田无法让他满足吧。我也有同感。必须让这家伙充分尝到恐惧的滋味并认清自己犯下的罪行才行。如果立刻开枪杀死他,顶多就像是提早到来的小行星事件罢了。

我拿起听筒。"喂,杉田先生吗?"一个苍老的男人的声音传来。我还没有回答,对方便以熟稔的口吻道出姓氏:"我是渡部。"接着他又说:"我刚刚看到有两个奇怪的男人跑到你们家,虽然好像多管闲事了一点,可是我还是有些在意。"

"一个叫渡部的打来的。"我把听筒放下,对哥哥说,"我们进来的时候,好像被他看到了。"

杉田和他的妻子"哦"了一声,点头露出理解的表情。

"那是谁?"哥哥压低声音问。

杉田的妻子显得有些困惑,但还是回答:"他是同样住在五楼的邻居。"

为了今天的行动,我们曾事先调查过这栋公寓的状况。面对即将降临的小行星,很少有人能够保持冷静。有一段时间,大部分的人都撤离住处,漫无目标地乱晃。这栋公寓也不例外。这里原本有一百家左右的住户,现在却只剩下不到一半。五楼除了杉田家之外,只剩下另一家人,那家人的确是姓"渡部"。

"渡部家住的应该是年轻的夫妇吧?"哥哥也察觉到同样的问题。

"可是听声音好像是老人。"电话另一端的声音怎么听都不像是年轻人。

"那一定是渡部先生的父亲。他们一年前请父亲前来同住。"杉田回答,"那个人一整天都在屋顶上施工,大概是对木工有兴趣吧,常常看他搬运笨重的器材走来走去。他或许就是在那时候看到你们的。"

他在屋顶上做什么?——我恨恨地问。

该不会是想要打造方舟吧?

"喂,你听到了吗?喂!"电话另一端的渡部很啰嗦。

"哥哥，怎么办？"我再次询问哥哥的意见。他走过来，接过了听筒，直截了当地回答："我们已经占据杉田家了。我们打算长期抗战。听好，你赶快去联络电视台，不管是仙台或哪里的电视台都可以。我要他们实况转播这里的情形。"

电话挂断之后，屋内一片寂静。杉田的妻子露出不安的表情，看着我和哥哥。至于他的女儿，则只是低着头看着自己的汤盘。

"大哥，为什么要叫电视台？"

"我要让他们体验到同样的滋味。"哥哥以枪指着杉田，"让他们也暴露在镜头前面。"

"现在哪有人看电视！"杉田歪着嘴巴说。

"我不管。总之我要让你也站在摄影机的前方。"

"可是，大哥，刚刚那老头搞不好会报警。"我老实说出心中涌起的不安，但哥哥仍旧显得毫不在乎。"也许吧。"他点点头，"即使通报警察也没关系。"说完他又说："辰二，你最好离窗户远一点，警察有可能会开枪。"他指着拉起窗帘的玻璃窗，"最近的警察绝对不会手下留情。"

的确没错。现在的警察不像从前的警察那样温厚得不到紧要关头绝不开枪。五年前，当世界末日来临的消息公布时，那种悠闲的制度就不复存在了。

全国各地充斥着犯罪事件，自暴自弃之徒洗劫商店，处处可见窃盗和放火的案件，骚动成为日常生活中稀松平常的一部分，道路则因为交通堵塞而无法通行。

警察当然也不能坐以待毙，为了维护治安，只得采取较为粗暴的手段。

换句话说，碰到急迫的状况，他们会选择立刻开枪射杀犯人。即使是较为轻微的案件，也会不由分说地将犯人粗暴地丢到牢里。监狱已经成为囚禁犯人的收容所，由于目前已经几乎没有人出面替囚犯主张人权，据说监狱里的环境相当恶劣。

或许是如此极端的惩罚达到了效果——至少我是这么认为的——犯罪以缓慢但确定的速度逐渐减少，城里恢复了平静。到了今年，每一天几乎都不可思议地平静。

"新的阶段开始了。"哥哥曾经这么说，"陷入疯狂的人们大多数已经消失了。有些人自杀，有些人迁移到其他地方，有些人则被逮捕。因此，城里才会恢复平静。而且大家也开始发觉，既然只剩下三年寿命，还不如彼此和平相处。"

4

哥哥是在半年前提起这项报仇计划的。那时包括福岛市在内，周围逐渐像退潮般恢复平静，但我还是得每天应付疯狂的暴徒或强盗，守护自己的家园不被纵火犯烧毁。左邻的山田家全家都被闯入的强盗杀害，右舍的佐藤则全家集体自杀。我光是在这混乱的社会中维持清醒就已经很辛苦了，哥哥却不同。"辰二，你打算怎么办？"他问我。

"什么怎么办？"

"那家伙——"哥哥采用这样的措词，"有关那家伙的事情。"

"那家伙？"我一开始以为他把小行星拟人化来称呼。

"就是那个叫杉田的主持人。"

"哦。"在这一瞬间，怒火从我的腹底涌起，如同煮沸的水自锅盖底下喷出一般。我又想起晓子上吊用的绳索、母亲溺死时的浴缸以及电视屏幕上杉田奸笑的脸，这些记忆犹如黑色黏稠的块状物体，随着腐臭味浮现。

"原来你是指那家伙。"

"他现在已经辞掉工作，躲回仙台去了，大概打算和家人度过余生吧。"

"大哥，你调查过了？"

"我怎么可能忘了他的事！"

听到哥哥的口吻，我这才知道，当大家为小行星的来袭恐慌、为了生存而搏斗的时候，只有哥哥仍默默地思考着复仇的计划。

然而我一开始不太同意这样的做法，觉得事到如今没有必要再去复仇。反正即使不管他，过了三年，世界就毁灭了，何必为了杉田这种人浪费我们的时间呢？

但是看过哥哥拿来的录像带之后，我的想法改变了。

让我惊讶的是，哥哥竟然录下了杉田主持的所有电视节目。我虽然不理解他这么做的动机，却为他冷酷的执着与行动力感到惊讶。"这是晓子去世那一天，那家伙主持的节目。"哥哥说完，开始播放录像带。

节目一开始简单带过晓子自杀的消息，但立刻又像什么都没发生一样，继续播其他新闻。又过了一会儿，杉田打扮成魔术师的样子，表演起无聊的魔术秀。

"我痛恨当时传媒界的所有人。但唯独杉田这个家伙，我特别不能原谅。"哥哥看着录像画面这么说。

画面上，杉田抱着双膝进入巨大的纸箱当中，纸箱上方被覆盖上一层布。接着，在夸张的巨响之后，灯光重新亮起，打开纸箱，杉田却已经不见了。这真的是一场很无聊的表演，反正一定是利用双层底部之类的机关。

"辰二，你能原谅他吗？"哥哥问我。屏幕上的杉田满面笑容。哥哥拿起遥控快进，直到节目结束前的画面出现。这时主持人杉田缓缓地挤出悲伤的表情，说："在不幸的事件发生之后，我也曾想过，表演这种魔术或许太不尊重了一点——"

"太狡猾了。"哥哥说，"这只是形式上的反省，他想要表现出自己没有恶意的样子。这是经过精心计算过的举动，太狡猾了！这种人总是以为自己能巧妙地躲过一切指责。即使地球只剩下三年的寿命，我也无法原谅这家伙。怎么能够任由小行星来结束一切呢？我绝对不容许。我不会原谅他。我绝对不会原谅杉田！"

我同意哥哥的说法。他说得没错——我用力地点头，并为自己在听哥哥说明之前完全没有产生复仇的念头而感到可耻。妹妹和母亲早在十年前就过世了,杉田的人生却仍剩下三年。光是这一点就令人不敢置信。"当然不能原谅他。哥哥说的没错。"

5

杉田的妻子开始啜泣。她仍旧面对着餐桌,眼中涌出泪水,脸上的皱纹相当明显。她的衰老方式如同干枯的果实一般,甚至让人感到哀怜。

"哭也没用!"哥哥以清晰的口吻说,"晓子死的时候,我们的眼泪是你的好几倍。"

"好几倍"是骗人的,应该是好几百倍才对。

杉田的妻子微微地点头,像是要表示同意。但在我看来她只是在恐惧之下才这么做的。她真的理解我们的愤怒吗?

这时,杉田的妻子伸手拿起汤匙。她该不会在这种状况下还要用餐吧?我正在怀疑,没想到她真的将汤匙放进汤盘里,边掉眼泪边张开嘴巴。

"你在干什么?"我立刻走过去,用力踢她的椅子,"这种时候还要享受美食?你到底缺了哪根筋啊?"

杉田的妻子随着椅子倒下重重地摔在地上,汤匙飞了出去。我拿枪指着她。"哪有人在这种状况下还要喝汤?"

盘子翻倒了,汤汁流到餐桌和地毯上。哥哥默默地看着杉田的妻子爬起来。"喂,你也是!"我看到在我对面的杉田的女儿,反射性地大吼，连忙拿枪指着她——杉田的女儿正缓缓拿起叉子，刺向牛排，"现在不是吃东西的时候吧？"

站在杉田女儿旁边的哥哥用力打了一下她的手背。"好痛！"她大叫，叉子也同样飞了出去。哥哥看着餐桌上的料理，说："你们在开玩笑吗？"他的脸上虽然没有表情，却清楚地流露出愤怒的情绪。

"住手。"杉田开口了，他看看妻子又看看女儿，直截了当地说，"不要轻举妄动。"他的脸颊显得很僵硬。

"反正到了现在都没有差别了。"女儿首度清楚地开口说话，她的眼睛因为兴奋而张大，双手握拳放在桌上，"反正我们都要死了。"

我听她这么说，差点笑了出来。她的说法听起来就像是在主张："反正都要死了，为什么不能吃牛排？"

杉田的妻子挺直背脊，双肩颤抖。或许因为她紧闭着眼睛，眼中的泪水凝聚成了水滴，从眼角滑落下来。她既然难过到都哭了，何不干脆放弃晚餐呢？

6

这时电话铃再度响起。我没有等待哥哥的指示，立刻拿起了听筒。

"你们的要求是什么？"电话的另一端不再是先前打来的渡部，而是一个沉着而粗壮的声音。我猜对方大概是警察，盖住听筒对哥哥说："应该是警察打来的。"

我看到杉田一家三口的身体抖了一下,不知是因为期待还是胆怯。

"他问我们有什么要求。"

"我来接。"哥哥说完走过来。我把听筒交给他,去监视餐桌前的杉田一家人。三人面面相觑,虽然没有说话,在我眼里却好像是在以眼神打暗号。于是我便伸出手枪,质问:"喂,你们在干什么?"我甚至觉得现在差不多可以开枪了。我有种不祥的预感,觉得再等下去或许会发生不好的事情。

基本上,我完全无法理解警察制度为什么到了现在仍旧能够维持。

当小行星骚动在各地引爆时,最初是由自卫队出面镇压暴动。军方采取了多种战略,试图以强硬的武力平息混乱。然而一般人民对死亡的恐惧与自暴自弃的心态远超政府与自卫队的想象。民众发动反击,造成军队瘫痪。到现在,福岛县的街头仍可以看到坏掉的吉普车和无法动弹的装甲车被弃置在路旁。

然而警察却还在工作——这真是令人不敢相信的事实。我曾目击过几次警察的身影,但却无从判断驱动他们的是使命感还是惯性。

哥哥边听电话边翻开墙上的月历,望着面向阳台的窗户。天空已经逐渐开始变暗,但夜晚还没有正式来临,外头看起来仍旧像是白天。

"我们打算开枪杀死住在这里的杉田。十分钟后我会再打电话。你们慢慢等吧。"哥哥说完便挂断电话。他的应对方式虽然粗暴，感觉上却相当吻合这个乱七八糟的世界。"来了好多辆警车，"他对我说，"还有扛着电视摄影机的人。真不敢相信，世界末日都要来临了，还有人如此投入报道工作。"

"电视根本就是垃圾。"垂头丧气的杉田突然说了这么一句。

这句话带着几分天真，就像一名闯进教堂的少年在向牧师告解自己犯下的罪行。我听了不禁呆了一下，但立刻又回过神来怒吼："这不是电视的问题，垃圾是你才对！"

"听好了，我们并不是来听你反省的。"哥哥迅速接话，"人被逼急了，不管是谁，都会认错反省。你应该在我们来这里之前、在发现小行星会撞上地球之前反省。现在已经太迟了。这不是最后的机会，而是最后的结局。"

"哥哥，你要怎么做？"

"还有十分钟，来得及开枪。"

"警察会乖乖等待吗？"

"不知道。从窗户看出去，他们好像在疏散这栋公寓的住户们，也许是要采取强硬的做法吧。"

"强硬？"

"在目前这种时局之下，警方会选择漠视犯人的要求，直接执行公权力。他们会为了维护治安而采取粗暴的做法。"

"等一下。"杉田的嘴唇抽搐了一下，"你们打算杀了我的女儿和妻子吗？"

"杀不杀都可以。"哥哥的口气冷淡到令人叹服的地步,"交给你来决定。老实说,我并不特别痛恨你的家人。"

"你们做这种事,令堂和令妹难道不会感到悲伤吗?"杉田的妻子这时擦拭着眼泪,唐突地低声插嘴,"她们一定不希望看到这样的解决方式。"

哥哥没有回答,我也只是皱了一下眉头。这个问题没有回答的必要。

"你们杀了我之后,打算怎么办?"杉田抬头看着哥哥。我正在思索他的问话到底是什么意思,他又接着说:"你们有自信能够逃离这里吗?"

"不用你操心。"哥哥还没回答,我就抢着说,"我们根本不在乎后果。反正这世界也只剩下三年了,警察才不会费心去缉拿特定的杀人犯。"

"可是我听说有些警察会特别执着地追捕犯人,想要让他们得到惩罚。"

"我不知道你在担心什么,反正我们只要能比你晚死一步就很开心了。就算被警察追捕、射杀或关在监狱里,都没关系。"这不是逞强,而是实话。

"怎么可以——"杉田露出悲伤的眼神,脸颊上的肉都垂了下来,"怎么可以说这种话呢?"

"哥哥,我可以开枪了吗?"

"等等,请你们先听我说。"杉田仍旧不死心地举起手。

"你的反省来得太迟了。"哥哥说。这时玄关外头传来了声响。

7

哥哥听到声音,立刻将视线转向通往门口的走廊。我也斜眼看了一下大门的方向。

"警察大概已经到了门口。"哥哥思索片刻之后说。

"警察来了?"

"他们大概准备冲进来。"

"我去看一下。"我说完便拿着手枪穿过走廊。走廊上没有开灯,稍暗了一点,不过我还是踮起脚尖,蹑手蹑脚地直直走向玄关。有人在门外,而且不止一个人。外面的通道上传来低语声和来回走动的脚步声。

我踩在走廊外缘的水泥地上,屏住气,将脸贴向门上的猫眼。如果被外面的警察发觉我在这里,他们搞不好会立刻开枪——我想到这里,不禁毛骨悚然。虽然我认为警方在没确认对方是住户或犯人的情况下不太可能开枪,但也许是我太乐观了。这年头的警察已经没有心思去遵守职业道德,为了解决案件,他们或许不会在意造成一名牺牲者。

我透过猫眼,看到外面站着身穿制服的警察,穿戴着暗色的头盔和护具,排成小小的队伍。其中一人将大型电话对讲机贴在耳边。我内心虽然暗骂他们偷偷摸摸地守在门口,却也不禁感到些许叹服：这些人将剩余的三年耗在维护社会治安上，或许也是值得尊敬的行为。

我缓缓地将视线移开猫眼，以神经质的动作想要往后退一步，突然听到警察在说话，连忙又将耳朵贴在门上。

"五〇一室的住户好像还没有离开。"有一人说。

"叫他们赶快撤退。"有人回答。

"可是他们说父亲还在屋顶上。"

"去催他们快点！如果到时候发生枪战不是很危险吗？"

我再次从猫眼观察外头，看到警察脸上似乎都带着兴奋的表情。我这才理解到，他们并不是因为使命感而继续工作，而是在享受可以尽情滥用武力和暴力的权力。他们握着手枪的神情显得相当喜悦。警察或许是为了隐藏自己的恐惧和焦躁，才继续原本的工作，追逐犯人。如果说这也能成为等待末日的方式之一，那么这世界真的完蛋了。

我蹑手蹑脚地后退，回到餐厅。

"果然是警察，没错。他们拿着枪，一得到上级指示，马上就会冲进来。不过我听他们说五〇一室的住户还没撤退，看样子还要花上一段时间。"我报告刚刚听到的消息。

"渡部先生！"杉田的妻子喊出五〇一室住户的姓氏。

"好吧。"哥哥低声说，举起手中的枪，保险已经扳上来了，他将枪口贴在杉田的头上，"你知道自己的行为多么恶劣了吗？电视主持人很伟大，是不是？"

"我——"杉田闭上眼睛,挺起肩膀,仿佛在抵抗心中的恐惧,"我也感到很痛苦。"

杉田的妻子和女儿发出沙哑的声音,不知是悲鸣还是叹息。

"你们给我安静!"我威吓她们。

"你从头到尾都只是在演戏而已,根本不是真心的。"哥哥毫不留情地说,"一切都结束了。"他将手指移到扳机上。

我的呼吸不知不觉地开始变得急促,肩膀也随之起伏。我感觉口干舌燥,便自动走向餐桌,站在杉田身旁拿起桌上的杯子。即使自己并没有意识到紧张的情绪,喉咙还是会感到干渴。

我把杯子举到嘴边,调整一下呼吸,准备喝下啤酒。

不对,我并没有喝下它。在杯子倾斜的瞬间,我突然被推倒了。

我自认没有露出破绽,但杉田的女儿从椅子上站起来,向我撞过来。我看到啤酒的水滴在我面前缓缓飞溅到空中。我倒在地上,膝盖撞到地板,连忙将手枪换到右手,虽然还没有爬起来,但仍迅速保持警戒状态。"你在干什么?"我抬头看着杉田的女儿,手枪指着她的眉间。她的表情非常严肃,肩膀随着沉重的呼吸起伏。我单脚跪地,从地上爬了起来。"大哥,除了杉田之外,这两个女的也要一并杀了。"

"你说得对。"哥哥回答。

"你们还是死心吧!别以为警察来了就可以放心。你们那么想要得救吗?"我大声怒吼,虽然心中有些担心外面的警察听到了会立刻冲进来，但仍无法克制。

"我们并不想要得救。"杉田的妻子开口了，她的声音就像穿过室内的一阵风般冷静。

"你说什么？"我感到有些困惑。

"我们本来就打算自杀。"

8

我跟哥哥有好一阵子说不出话来。门口传来轻微的说话声，大概是因为我刚刚被撞倒和怒吼的声音，让外面的人察觉到室内的异状。有人试探性地敲门，装成邻居的口吻探询："没事吗？"

"你说你们原本就打算自杀，是什么意思？"哥哥没有显露困惑或动摇的表情，但似乎一时无法掌握状况。

杉田的女儿把我推倒之后，就一直站在原地。我站了起来，等候杉田的妻子回答，但她只是看着杉田。杉田在她的视线催促之下，终于开口说："你刚刚拿起来的杯子——"

"怎样？"我瞪着他问。

"里头有毒。"

听到这个意想不到的回答，我不禁伸长脖子，和哥哥彼此对望了一眼。接着我又看着浸透地毯的啤酒。"毒？"我和哥哥异口同声地问。

"我们原本打算在今天自杀。"杉田的妻子低着头回答。

"自杀?"我有些摸不着头绪。

"桌上的饭菜和啤酒里都掺有毒药。"杉田的女儿脸上几乎没有表情。接着她念了一长串毒品的名字,但听起来就像是化学符号的排列,我完全无法理解。

"为什么要寻死?"哥哥问。

杉田一家以眼神交谈,仿佛在举行无声的家庭会议。"因为我们再也无法忍耐下去了。"杉田的回答表露出内心的恐惧,脸上也显出悲戚的表情。

"与其死于小行星的灾害,还不如自己解决生命。"杉田的妻子也说。

"这种世界还有什么值得留恋的吗?"三人中最淡泊的大概是杉田的女儿。

"你们几个——"我在未经思考之下便发出声音,"不要开玩笑!"说完之后,我却找不到任何理由叫他们别开玩笑。

"我不是替自己找借口,"杉田绷紧了脸,举起双手,仿佛表示投降,看着哥哥说,"我从事那份工作,心里也不是很轻松。"

"什么意思?"哥哥的声音相当冷淡。

"我一直感觉到罪恶感。"

"罪恶感?"我并不想从杉田的口中听到这种话,心里感到相当不快。

"电视是垃圾。"杉田又这么说,接着他发觉到自己的语病,又改口说,"不,应该说我是个像垃圾一样的电视工作者。我做得太过火、太自以为是了。正如你们所说的，在我得知地球即将灭亡之后，就抛弃工作选择逃跑。那时我才发现，即使说得再好听，我所谓的使命感也不过只有这一点分量。"

接着杉田又说，他一年前带着家人离开仙台，想要寻找安全之所，但最终发现到处都是同样的混乱状态，只好又回到家。"我开始觉得，到这个地步还在挣扎的自己显得相当丑陋。"他如此告白。

"你那个电视节目哪有什么使命感可言？只不过是拿弱者开玩笑、站在凑热闹的好事群众前挥舞旗帜罢了，打扮成魔术师的样子，还配提什么使命感！别开玩笑了。"我越说越激动。

"你说得没错。"杉田似乎被说中痛处，露出苦涩的表情，"但是，"他咬紧嘴唇继续说，"我那时也很拼命。那种节目的观众要求的是强烈的刺激，并不是所有的节目内容都出自我的意愿。"

"别找借口了。"我提高音量，"像你这种家伙死了算了！"接着我想起节目中的杉田曾经露出一瞬间痛苦的表情。

"所以说，我本来就打算自杀。"杉田回答。他的语调既没有忿忿不平的样子，也没有炫耀自己远见的优越感。

我想不出该如何回答，只有嘴唇抽搐了几下，没有出声。

"你为什么要陪他一起死？"哥哥看着杉田的妻子问，"还有你。"他又转向杉田的女儿。

"反正我也不在乎了。"女儿低声地回答，她的眼中丝毫没有活力，"反正再过三年就要死了，还有，"她转向自己的父亲，"我也很讨厌爸爸的工作。从小我就觉得他在电视上好没品，只会说别人的坏话。"

杉田这时才显出垂头丧气的神情。

"你们刚刚提到的那位晓子小姐，我也觉得她很可怜。所以在爸爸提议要自杀的时候，我心想这样也不坏。"

"你为了这样的理由而决定自杀？真任性。"哥哥以轻蔑的口吻对杉田说，"太恶劣了。"

"就是因为觉得自己太恶劣，所以才会选择自杀啊。"杉田这么回答。

"那么刚刚你们是觉得，与其被我们杀死，还不如自己服下毒药自杀吗？"我想起刚刚杉田的妻子和女儿想要继续吃下饭菜的行径，便这么问。

"我们不希望你们犯下罪行。"杉田的妻子以微弱的声音回答，"所以才想要自己动手。"

"不，这样不行。"一旁的杉田对妻子说，"在这种状况下，即使我们吃下毒药，警方也会怀疑他们，因为这间房间里只剩下他们是外人。所以我们现在还不能死。"

"喂，"哥哥平静地开口，"你们为什么要选今天？"他这样问，"为什么选在今天集体自杀？"

虽然面对眼前意想不到的事态发展，脑中仍一片混乱，但我立刻明白哥哥问话的用意。这个理由或许和我们选在今天发动袭击的理由一样。

事情正如我所料想的，杉田沉默了一阵子，终于以苦涩的语调回答："今天是——今天是令妹的忌日。虽然我知道这么做并不能得到你们的原谅。"

"那当然，我绝对不会原谅你。"哥哥的声音让人联想到冰冷的铅块。

9

"大哥——"我不知道该如何是好，只能依赖哥哥的指示。

就在这个时候，又有人在敲门。这阵敲门声虽然含蓄，却带着焦躁与粗暴的威吓意味。"杉田先生！"外面呼唤的语调也比先前更为强硬，仿佛是在闯进来之前下达最后通牒。

杉田坐在椅子上，双拳紧握放在膝上，低着头不敢抬起来，看起来就像刚刚告白自己的罪行并等候判刑的罪人。

哥哥静默了一阵子，过了一会儿才开口呼唤我的名字："辰二。"

然而此时柜子上的电话也同时响起。听到这尖锐而不吉利的铃声，杉田紧张地回头看了一下电话，又以不安的眼神看着我们。杉田的妻子和女儿也看着电话机。

"辰二，算了。"哥哥仿佛没有听到电话铃声，这样对我说。他脸上的表情相当开朗，仿佛体内的毒素都藉由汗液排放而释放出体外。

"算了？"

"我才不打算替想要寻死的这些家伙达成心愿。"哥哥以枪管戳着杉田的太阳穴说,"你如果真的觉得抱歉,就不要逃避,这三年继续给我活下去。别想借助服毒自杀这么轻松的死法。"

杉田似乎不知该如何是好,他的妻子也显出困惑的神情。我当然也搞不清楚这是怎么回事。哥哥为什么叫他不要死?

"不要死得太简单。即使小行星掉下来,你们仍然得继续活下去,直到最后受尽折磨痛苦地死去。"接着他把手枪换到左手,缓缓将保险拨回原位。

电话仍旧在响。单调的铃声招人恼,但我并不打算去接。

杉田一家的反应相当复杂。三人搞不清楚自己是否获救,只能面面相觑。从他们的表情来看,三人心中原本打算寻死的决心大概已经消散得一干二净,但是却并没有被解放的表情。事实上,他们并没有获得救赎。面对三年后即将降临的小行星,世界上没有一个人能够得到救赎。连自杀这条退路都被封死,他们当然不会为自己获救而高兴。

杉田开始哭泣,毫不羞耻地掉下眼泪,不知道是因为悲伤、喜悦或是因为终于发觉自己的悲惨与丑恶。真是丢人现眼!我哼了一声,却也失去了开枪杀死他的意愿。

"大哥。"

"辰二,算了。你开枪,只会如了他们的心愿。我们不能原谅这些家伙,所以不能轻易杀死他们。"哥哥仿佛是在说服自己,"我现在终于领悟到这一点了。"

电话铃声和敲门声仍在继续，并有逐渐加剧的趋势。

这时杉田以双手拍拍自己的脸颊，像是要鼓舞自己。他用力眨了眨眼，转向哥哥，以颤抖的声音问："你们两个……打算怎么办？"

"没什么好说的。"我回答。我之前只想着要杀死眼前这家伙，哥哥也是一样。哥哥开口回答："我们没有打算要怎样。事情结束了，我们要走了。"

"可是警察在外面。"杉田说。

杉田的妻子也担心地说："最近警察做事都很粗暴。"

"我听说他们抓到犯人后会动用私刑来发泄心中的郁闷。"杉田的女儿说。

"我知道。无论被抓到或被乱枪打死，我都不在乎。"哥哥说。

"怎么可以这么说！"杉田几乎要掉下眼泪。

"由我们出面跟他们说明情况好了。"杉田的妻子提议，"我会告诉警察，你们是无辜的。"她抬高声音，以免被持续作响的电话铃声掩盖。

"我们刚刚在电话中已经宣称要杀死你们了。警方不可能相信你们的说词。"哥哥耸耸肩，"现在的警察，只要一发现嫌疑就会立刻加以惩戒，他们才不管对象是谁。"

哥哥向我点了点头，我明白他藏在心中未说出的话。我们虽然事先没有约好，但想法应该都一样。当事件结束，一切会随之完结。与其被抓，我倒宁愿被乱枪打死。我们现在只能选择直接冲出去了。

电话铃声终于停止。室内突然恢复静默。他们大概还会再打电话来吧。我感觉胃在疼痛。杉田、杉田的妻子和杉田的女儿——三人的呼吸声听起来是相同的频率。

"对了，浴室！"杉田的女儿突然开口，她站了起来，指着走廊的方向，"我们家浴室的天花板只要用力就可以推开，好像直通到通风口之类的——虽然有点脏。"

外面又有人在敲门。这回的敲门声毫不容情，并有人开始转动门把。

"那又怎么样？"杉田不解地问。

"可以试着从那里逃出去。"杉田的女儿脸上没有笑容，也没有得意之情，"我们可以装一阵子傻，警察不会马上冲进来，你们就趁机从浴室天花板逃到别的房间好了。"

"从别的房间又怎么逃出去？"杉田继续提出疑问，但并没有否定的意味。

"打电话给渡部先生吧。"这回轮到杉田的妻子发言，"他也许还在房间里。只要跟他说明事情来龙去脉，他一定会帮忙。"

"嗯。"杉田点头表示同意。

这些家伙在说什么？我听着他们的对话，完全跟不上节奏。

"你们到底在讨论什么？"哥哥语调强硬地说，"没有人拜托你们，不要擅自讨论我们该如何逃跑的问题！"

我也有同感。看到他们一家人仿佛在讨论解方块游戏般交头接耳，让我有种被排斥在外的感觉。

杉田拍了拍手。"对了！"他高声说。

"什么？"我怀疑地看着杉田。

"可以利用我以前在电视上变魔术的那个箱子。箱子底部是双重结构，一次可以容纳一个人。你们从浴室进入渡部先生的房间，依序躲在箱子里头，假装是行李，让渡部先生分两次把你们搬到外面。怎样？这个主意不错吧？"

你在说什么鬼话！我怒斥。

10

我不知道哥哥为什么接受这个提案，不过他最终同意了杉田家提议的逃亡方式，换句话说，我也同意了。

我们站在浴室里抬头看着天花板。杉田的妻子和女儿留在浴室外。

"这个计划成功的概率应该很低吧。"哥哥说。他的口吻与其说是斩钉截铁，不如说带点达观的味道。

"一定没问题。"杉田红着眼睛，将折叠起来的纸箱交给我。他的用意是要我们拿着纸箱爬过天花板的通道。"你们从这里往西走到底，就是五〇一室。我已经拜托过渡部先生了。渡部先生和他的父亲会装作正在搬行李，把你们一个接着一个地搬出去。"

"那个叫渡部的男人为什么愿意帮忙?"哥哥问。

"渡部先生的父亲之前说过,在这种时局,最重要的不是常识或法律,"杉田说到这里停顿了一下,露出孩童般恶作剧的表情,"而是如何快乐地活下去。"他说完耸了耸肩。

"警察该不会正在那里等我们吧?"我半开玩笑地说,接着又立刻觉得:即使这样也没关系。

"我会祈祷你们一切顺利。"杉田的双手紧紧握住哥哥的手,"我也希望你们能看着我继续厚脸皮地活下去。"他最后又深深鞠躬说,"拜托了。请你们千万不要被逮捕,也不要死。"

哥哥静静地看着杉田,又看着站在我身后的杉田的妻女。他说:"我并不打算原谅你。"这句话就和他这十年来一直戴着的铁假面一般冰冷。然而当他接下来说出"不过——"的时候,我却看到他原本强硬冷酷的表情开始融化。

哥哥转向我,对我说:"只要逃三年就行了吧?绝对没问题。"

此时的哥哥就和小时候对着晓子模仿电视剧主角说台词时一模一样。

"你说对吧,阿辰?"他亲昵地称呼我。

"虎一。"我也忍不住像以前那样称呼他。

冬眠少女

我躺在地毯上，将阅读完毕的小开本平装书合上，转过头看了一下柱上的时钟。接着我拿起一旁的签字笔，在书本最后一页写上今天的日期，旁边注明现在的时刻"11:15"，最后写上"读完"，心中感觉有一股暖色调的风注入。

我把书放在膝盖旁边，举起双手握拳。虽然没有别人在边上看，但我还是比了一个胜利的手势。

我站了起来，走过客厅和餐厅，沿着走廊来到大门左侧的房间。爸爸过世已经四年了，但我直到现在仍保留着敲门的习惯，感觉有些不可思议。敲门之后，我打开了门。

"真的很有书斋的气质呢。美智，你爸爸原来是藏书家。"记得刚升上初中的时候，班上的同学第一次来我家，看到爸爸的书房都会发出赞叹。

说来可耻，十年前的我并不知道什么是"书斋"，心中却不禁得意地想:"原来爸爸很有书斋的气质。"

这间西式房间大约有八个榻榻米大,放置着众多书架。除了勉强可容一人通过的空间之外,其余的空间都毫无多余空隙地陈列着书架。大部分的书架都是双层可移动式结构,因此可以容纳很多书籍。

"这些书就跟浴室里的霉菌一样,放任不管就会越来越多,真是伤脑筋。"我记得妈妈曾这样哀叹,"只要一有空间,就会不断增加新书。美智,你看着吧,这些书一定会无限增多。"

妈妈的忧虑最后证明是杞人忧天。书本不会再增加,也没有无限增多那回事。

我走到最里面的书柜前,趴在地上,将手中的平装书插进去。话说回来,我还真没想到会有读完所有书的这一天。我怀着强烈的满足感,再度看着书架。我从靠走廊入口处书架的最上层的书开始阅读,花了四年的时间才读完所有的书。不过这些书总共加起来大概也不到三千本吧。我通常一天可以读完一两本,心血来潮时则可以读上三本,所以粗略估算一下,也只有两千多本而已。

我走到房间外头。我觉得自己仿佛一直被关在这房间里,边读书边冬眠,现在总算准备苏醒。外头已经是春天了吗?我缓缓关上门,听到喀擦一声,心想自己大概永远不会再回到这房间了,却又马上回心转意:三年后,如果世界真的结束了,到时候在书房里头等死也不错。

我回到自己的房间。虽然说爸爸和妈妈四年前同时死亡，之后这整个三〇一室都可以说是"我的房间"，但是我真正的房间仍只是位于东侧铺着地毯的六个榻榻米大的房间。走进房间，正面就是床。太阳从蕾丝窗帘透进来，室内显得相当明亮。我眯起眼睛，心想，这不是很安详吗？太阳的光线给人舒畅感，很难想象再过三年这世界就要结束了。

我回到书桌前。"书桌"这个称呼像是硬邦邦地限定了桌子的用途，感觉有些滑稽。我看着桌前墙上贴着的纸。是一张用图钉钉起来的便条纸，上面是我亲手写的字。

还在上学的时候，每当日常生活的杂务多到让我无暇处理，我就会一一写下该做的事，就像是为了避免迷路，在黑暗的路边点起一盏小小的街灯。即使心中产生动摇或焦虑，只要看到贴在墙上的纸，就会安心许多。

"只要把该做的事一项一项做完，在那之后，自然就会找到接下来该做的事情。所以不用慌张。"妈妈常常这样跟我说。

我的眼前贴着三个"目标"。这是四年前爸爸妈妈离开的时候，我所写下的该做的项目。

不要恨爸爸和妈妈。

这是第一个目标，不用作太大的努力也能达成。

读完爸爸所有的藏书。

这是第二个目标，刚刚完成——没想到真的能够实现。
我又看了第三项。

　　不要死。

目前为止，这个目标仍在持续完成的过程中。

2

　　我走出大厦，走在"山丘城镇"小区的街道上。现在是十一月，应该已是进入冬季的时序，却完全不感觉寒冷。现在已经没有人会为了异常气象而高喊："这是异常气象！"也没有人会抗议："媒体为什么不报道异常气象？怎么搞的！"
　　"山丘城镇"是在二十三年前——我出生的那一年——在仙台北部山丘上建造的集合住宅小区。双亲为了纪念我的出生，特地下定决心买下这里的公寓。
　　我来到了公园。围绕公园栅栏的四个角落都设置着图腾柱。我走过其中一座图腾柱，进入公园，斜向前进，就是穿越小区的捷径。

走过长椅旁边，我停下脚步，看了一眼公园南侧。从那里可以俯瞰仙台市区的道路。我很喜欢树木与建筑林立的仙台市区，但最近整座城市看起来却像是灰色的废墟。

我再稍微前进几步，看到一对年长的男女站在长椅后方的树林前。我立刻认出他们是住在同一栋公寓的邻居，却想不起他们的名字。这座小区几乎已经没什么人。我感觉就这样无声走开有些尴尬，就问了一声："怎么了？"两人当时正抬头看着树梢。

"哎呀，你是田口家的小姐。"伯母转头看到我便这样说。她对身旁——应该是她先生——的伯伯说明："田口家住在我们那栋公寓的三楼。"接着她又转向我说："我们是住在四〇五室的香取。"我听她这么说，立刻想起来了。"哦！"我鞠了一个躬。记得很久以前，在小行星骚动还没开始的时候——大约是十年前吧——这家人的儿子自杀了。当时小区中很少有年轻人死亡，因此曾经引起一阵话题。

"有什么事吗？"我走近他们，和他们同样抬起头来。榉树光秃秃的树枝看起来像是暴露在外部的血管，感觉相当诡异。但换个角度来看，却也带点冶艳的味道。由于已经没有人管理公园或清扫路面，榉树附近堆放了不少旧桌椅之类的大型垃圾。

"你看，树梢上不是缠绕着线吗？"伯母以纤细的手指指着上方。

我凝视上方，看到大约在十米高的树枝上缠绕着一圈圈的线，附近也有类似木材破片之类的东西。"那是什么？"

"我们夫妻两个刚刚在讨论，那会不会是风筝。"伯母看了伯伯一眼，这样回答我。

"风筝？"

"很久以前，和也——啊，他是我们的儿子——曾经在公园弄丢过风筝。"伯母似乎回想起当时的情景，眯起眼睛像是在看远方，"那孩子当时已经是初中生或是高中生，却跟邻居小孩子借了风筝，还把风筝弄到树上去了，我先生那时候好生气。"

我看到伯父虽然仍旧板着严肃的面孔，但表情却稍稍和缓一些，大概是感觉到了罪恶感吧。

"我们刚才恰巧抬头看到那里有一团线，就在讨论那或许是和也的风筝。"伯母这时候笑了一下，仿佛纠缠成一团的线终于解开。从年龄来推算，她应该是可以称之为老太太的年纪了，看上去却相当可爱。

"已经是二十年前的事了，风筝不可能还留着。"伯父低声说。

"可是那些线看起来很旧，不是吗？"

"嗯，好像的确很旧。"我看着正上方，朝着天空开口附和。

"要不要爬上去确认一下？"伯母突然这么说。

"喂！"伯父喊了一声。伯母便回答："开玩笑的。"

3

这四年来，我几乎把每天的时间都花在读书上，处于近乎冬眠的状态，唯一与外界的接触大概只有到超市买食物的时候。

当然，在这样的时局之下，要买到食物也不是简单的事。以前曾经在课堂上学过，在我所处的这个国家，食物的自给率低到令人绝望的地步。"如果没有进口的海外食品，你们的餐桌上只有白米。"教师的这句话不知是威胁还是戏谑，但事实上，现在连白米都不见得买得到。

五年前，当世界刚陷入恐慌的时候，情况真的很严重。大家都在抢夺食物和生活用品，店里到处都是不付钱的顾客。有一天，我从高中放学回来，路过超市的时候，看到一群主妇如蝗虫般聚集在店门口，那幅光景给人强烈的印象。宽敞的停车场停满了车，人们就在车与车之间的缝隙走动，也有不少人走在引擎盖或车顶上。然而当我看到这群蝗虫当中也包括我妈妈在内，不禁吓了一跳。平时皮肤白皙的妈妈此刻红着脸，竖起柳眉，一身牛仔衣裤的打扮，正忙着将保鲜膜塞进旅行背包中。这时妈妈也注意到了我伫立在人行道上的身影，她睁大了眼睛，接着脸色转为苍白，低着头，像是为自己的行为感到可耻。这反倒让我感到不自在。她一定以为我在蔑视她吧？但事实上刚好相反。当其他人都在忙着搜刮食物和卫生纸的时候，她能把焦点放在保鲜膜上，反而让我佩服她的见识。

回想起来，爸爸提着好不容易抢到手的汽油回家的时候，脸上也露出同样寂寞与悔恨的表情。当他在公寓前拿着木条打死攻击妈妈的暴徒时也一样。他们之所以会跳河自杀，大概是因为无法承受这令人忧郁的生活所累积的压力吧。

"美智，你要买什么？我们今天进了山药哦。"

有人在招呼我。不知何时我已经来到超市门口。这是一座类似长形铁皮仓库的建筑，右边是入口，左边是出口。店内没什么装潢，只陈列着每天从乡下农家进货的食物，生意却非常好。当然，商品种类仍旧不是很齐全，但现在已经不会出现大家争先恐后哄抢商品的情况了。

从今年开始，外头的情况逐渐恢复平静。在我看来，大概是进入了休息期吧。大家已经疲于为小行星来袭事件而慌乱。但事情并没有结束，这只是短暂的休息罢了。

只要不做太过分的事情，大概就能够安然度过剩下的岁月——大家似乎开始发觉到这一点。另外，政府去年宣布还有大量储备米，似乎也发挥了一些效用。由于暴动和自杀造成本国人口急速减少，"照这样下去，剩余的日子里，不至于发生白米供应不足的问题。"——政府是这样说的。

虽然感觉白米并不充裕，但是抢劫案的确减少了不少。大家一定都感到厌倦了。即使互相抢夺或胡作非为，也无法避免小行星的冲撞。既然如此，不如和平悠闲地生活。

告诉我"今天进了山药"的，是拿着猎枪站在入口处的店长。他的体型很瘦，但背脊挺得很直，目光锐利，下巴有些向外突出。

他拿着猎枪的姿态相当有模有样。这座超市之所以能在最近重新开张，是因为政府宣布"商店负责人为了守护店内的治安，可以携带枪枝,也可以视情况采取较强硬的手段"。当然,我并没有亲眼看到这样的法令,因此或许只是谣传而已。总之,多亏了店长的佩枪,超市里不再像以前那么危险。

"这样啊,那我就买山药回家磨成山药泥好了。"我回答。

"山药泥的确是美味料理。不过数量不多,你得赶快去抢才行。"

"谢谢你,店长。"

"叫我'队长'。"店长说完,将下巴抬了起来。不知为何,他非常喜欢别人称他为队长。

我很幸运地抢到了最后一根山药。还另外拿了袋装的味噌和鱼干,之后到收银台前面排队。我的前面排了五个人,都提着菜篮在等候。

"咦,你不是美智吗?"听到有人叫我的名字,我连忙抬起头来。今天不知道怎么搞的,各式各样的人都跟我说话。

"誓子!"我认出站在前面的是以前的初中同学。

"原来美智也还在。"誓子仍旧和初中时一样,有一双大眼睛。

她果然变成了一个大美女——我差点陶醉地脱口赞美。初中的时候,她的外表就比其他同学来得抢眼:下巴尖尖的,脸小小的,眼尾微微往上扬起,带着些许挑逗的意味。她以前留着一头长发,现在剪短了,看起来也很适合她。

"嗯,我还在。"我不知道她指的是我还留在这个镇上,还是指我还存活在这世上。总之不论是哪一种含意,答案都是肯定的。

"真搞不懂怎么会变成这样。"誓子即使在说这句话的时候,仍旧保持着优雅的气质,"对了,我听说你的双亲去世了?"

"嗯。"

"真过分,他们竟然抛下美智先走了。"

"是吗?"

"正常情况下,做父母的应该会想要保护自己的女儿直到最后一刻,要不然就会带着女儿一起走吧?"

"嗯。"我歪着头想了一下,"我也不知道。"事实上,我的确不知道什么才是正确的答案。

"这样啊。"誓子撅着嘴巴,将视线转向其他地方。她这样的态度让我感觉很熟悉。以前她常常像这样露出幻灭或无奈的表情,将脸别开。

"誓子,你还住在原来的房子里吗?"我记得她不是住在山丘城镇,而是住在另一个小区。她的父亲似乎是法律界的人士,或许因为如此,住的房子相当豪华。

"嗯。我爸爸妈妈和弟弟都在,大家都没事。"

收银台的店员开始结算誓子买的商品,收款机发出哔的声音将金额显示在屏幕上。

一想到我们仍旧像这样以金钱交换商品,就会觉得很不可思议。三年后,小行星就会冲撞地球,结束一切,很难想象财产和金钱还存在任何价值,感觉就像是在玩家家酒游戏一样。

简单地说，大家只不过是在维持从前的规则罢了——至少我是如此推想的。想要得到商品，就要支付金钱——这样的规则仍旧一成不变地延续下来，没有人主张"让我们抛弃这项规则吧"。或许每个人心中都在暗自期待小行星不会冲撞地球。如果小行星真的没有撞上来，金钱就是必要的了，大家就必须继续遵守规则才行。大概就是这样的理由吧？不，或许这项制度只在这个镇上被执行。

店员报出总金额，誓子便从钱包中掏出钱付账。

"再见，美智。"誓子转头对我说，接着她似乎又突然想到了别的事，问我："对了，誓子，你有男朋友吗？"

面对她突如其来的质问，我感到有些困惑，但还是老实回答："没有。"

"之前交过吗？"

"没有。"我摇摇头，"我没交过男朋友。"我边回答边纳闷这个问题有什么重要性，"这样啊。"她露出同情的眼神。"感觉挺寂寞的。"她歪了一下嘴唇，"还没交过男朋友就得迎接世界末日——"

"啊？"我呆了一下，含糊地应了一声，"嗯。"

她跟我道别之后便转身离去。超市出口前方站着一个高壮的长发男人，看到誓子走出去便趋身向前。他们手挽着手走出超市。

"刚刚那个人是你的朋友吗？"店员拿起我买的山药，这样问我。她有一张圆脸，头发在后面绑成一个马尾，有着双眼皮的眼睛相当美丽。

"嗯,对呀,是我初中同学。"

"恕我直言,她这个人感觉真讨厌。"店员说。她的口吻很轻松,直截了当而不带任何恶意,甚至给人清爽的印象。

"有没有男朋友都没关系吧?"

"对呀。"

"再过三年,地球搞不好就没了,有没有男朋友算什么大不了的问题吗?"店员停下手边的工作,对我笑着说,"有些人即使到了这种时候,还是想要沉浸在优越感里。"

"优越感?"我重复这个词。

"这种人很常见吧?看到别人拥有的东西就要加以批评,遇到生活幸福的人就会拿毒刺扎上一针,让对方产生不安。"

"原来誓子刚刚是这个意思。"我这时才发觉,"我对这种事很迟钝。"我有些不好意思地说,"原来是这样啊。"

这时女店员笑了出来。

"怎么了?"

"没事,我只是觉得你很可爱。"她眯着眼睛说,"不只是长相,气质也很可爱。老实说,我觉得你一定会比刚刚那个朋友更受欢迎。"

我迟疑了一下,不知该怎么回答,但立刻反应道:"啊,你该不会是在讽刺我吧?"

店员微笑着说:"不是。不过啊,像这样保持怀疑的态度或许也是一件好事。"她转动了一下购物篮的方向,"毕竟这世界上充斥着各式各样的恶意。"

"我知道。这世界确实到处都充满了恶意。"

"你知道?"

"嗯,我读了很多小说,常常看到这样的故事。"

我看了一下收款机上的金额,从钱包掏出钞票拿给店员。

"对了,你听我说,"店员边数着找钱边对我说,"提到男朋友,我曾经梦想过像电影那样戏剧化的相逢。"

"像电影那样?"听到对方突然说起这种话,让我感到有些惊愕。

"譬如说,我因为贫血或是某种原因昏倒,呃,就像这样,弯成'く'字形倒在地上,"她边说边把上半身弯下来,"这时有个男人在远处看到了,就跑过来救我——我一直幻想发生这样的艳遇。男人跑来之后把我抱起来,问说:'不要紧吗?'接着又说'这也是一种缘份吧'之类的。"

"有这种电影吗?"

"不知道,可是感觉应该会有吧。"

"应该没有吧。"我不小心老实说出心中的感想,连忙用手捂住嘴巴。店员却仍显得很高兴。"是吗?没有吗?"她微笑着说。

"店员小姐,你结婚了吗?"我看到她无名指上戴着戒指。

"我有个优柔寡断的先生。"她似乎觉得很可笑,"我们的相逢是山手线的路线图促成的,绝对不可能拍成电影。"

我回到三〇一室，磨了山药泥，烤了鱼。准备好晚餐之后，先回到自己房间，将写着"读完爸爸所有的藏书"的便条纸撕下。这个目标已经达成了。

我从书桌抽屉里取出高级白纸，以奇异笔①写上"找到情人"，并用图钉固定在墙上。

4

太田隆太的家仍旧在五年前的所在。这是位于"山丘城镇"最西侧的一区，算是全小区除了公寓顶楼之外视野最好的区域。

两层楼的住家外墙是浅咖啡色的，虽然称不上豪宅，却给人稳重的印象。我趁着自己还没有失去勇气，迅速走到门前按下门铃。

我感到自己心跳加速，明明是走来的，却像是刚刚奔跑过一般。

太田一家是否还留在此地，或是已经离开？哪一种可能性的概率比较高呢？——我正在思考这个问题，就听到对讲机传来"谁？"的声音。这是一个低沉的女性声音，口气中掺杂着警戒的成分。

---

① 可书写在光碟片、金属、玻璃、塑胶及亚克力等材质上的速干墨水笔。

"呃，是我。"我的态度比自己原先想象的还要紧张，"我是以前——呃，其实是五年前左右——和隆太同班的同学。"

过了一会儿，屋内的人回答："我马上帮你开门。"

太田隆太是我的高中同学。我们学校是距离这个小区最近的一所高中，可以骑脚踏车上学。虽然两人都参加了篮球社，但不论是球技或在队中的地位，他跟我都有天壤之别。

隆太在一年级下学期就和学长一起参加比赛，到了二年级便理所当然地被选为社长。身材高挑的他低头俯视队友时，脸上总带着和善的笑容，所有人都喜欢他。相较之下，我的个子矮小，常走错路，球也常被对手劫走。

太田隆太当然也很受女生欢迎。不仅是比赛的时候，连练习时间都有女孩子挤在体育馆的角落里看他。我看着他和周围的女性朋友相处的情景，心里只是感到佩服。这不是恋爱的情感，比较像是在面对美国大峡谷、尼加拉瓜瀑布或是华岩瀑布①这类名胜的时候，很单纯地赞叹："好厉害，原来世界上有这样的极景。"

小行星冲撞地球的消息是在我们高三的时候——也就是正在准备入学考试期间公布的，因此高中最后一年就在慌乱中草草结束了。不过在那之前，我一直都跟太田隆太同班，也曾好几次坐在他隔壁的位子，因此有不少机会和他交谈。但现在我已经

---

① 位于日本枥木县日光市内。

不太记得当初跟他谈过些什么了。

"田口，你喜欢篮球吗？"我想起他曾经这样问我。当时我们刚和外县市的学校进行过练习比赛，我因为来不及搭上开往仙台车站的列车，等了一个小时才等到下一班车，回到车站时已经累到不行了。太田隆太因为担心我，特地留在仙台车站等我。果然不愧是当社长的人——我心里觉得他就像是尼罗河或亚马逊河——当然如果要比喻为广濑川①也可以。

"投篮的时候，如果可以'咻'的一声射篮成功，不是很痛快吗？我很喜欢球穿过篮网的那种感觉。"我回答，"就像这样'咻'或是'刷'！"

"'咻'或是'刷'？"太田隆太重复我说的话，"田口，你大概是因为很少投中，所以才特别感动吧？"

"哦，没错，也有可能。"

太田隆太听了又笑了。"你真的很好玩。"

"好玩？"

"完全不会给人带刺的感觉。"

"带刺？"我不懂他的意思，低头看着自己的手臂，又摸摸脸颊，"你该不会是指，我没有尖锐的感性？"

他露出无声的笑容，摇摇头说："不是，我很不擅长应付带刺的场面。"

---

① 仙台具有代表性的河流，总长45.5公里。

"什么意思？"

"圆圆的感觉不是比较好吗？"他摸着手上的篮球说，"像这样没有棱角。"

"啊，你说的没有带刺，该不会是指我的身材圆滚滚的？"我抬头看着太田隆太。但他笑得更开心了，回答我："不是这样的。"

"没有人是带刺的。"我仍旧无法了解他的意思，歪着头这么说。

对了，在那之后，话题不知道为什么转向星星。"你知道吗？从我的房间可以看到星星。我的房间在西边，窗外没有建筑阻挡，可以看到一大片星空。"太田隆太说。

"真的啊？好羡慕。从我的房间什么都看不到。不过要看星星的话，是不是要有望远镜才能看得比较清楚？"

"也许吧。对了，你这么一说，让我好想买一台望远镜。"

我当时虽然没有特别的意思，不过记得我似乎说了一句："如果你买了望远镜，也让我看看吧。"

当时我和太田隆太都没有想到，这些"星星"当中的一颗竟然会在不久的将来冲撞地球。当然，没有人会预料到这种事。

一名妇人从玄关走出来。我对她打招呼："你好，我叫田口。"她盯着我看了一会儿，接着说："哎呀，我知道你的名字。"她原本忧郁的表情变得稍微开朗了一些。这名妇人的脸孔和身材都很娇小，掺杂着白发的发丝很干枯，说得不客气一点，她整个人的感觉就像是一朵枯萎的花。

"很抱歉。"我鞠躬说。

"你为什么要道歉?"

"没什么,只是觉得让你特别记住我的名字,好像有些过意不去。"

"你这个人真有趣。"妇人眯起眼睛,指着室内说,"请进。"

我吸了一口气,瞬间停住呼吸,接着一口气问道:"那个,我想见太田隆太,请问他还住在这里吗?"

妇人没有立刻回答。她起先只是看着我摇了摇头,接着她张开嘴巴,像是要寻找适当的字眼,双眼张合了两次左右,脸上挤出不知是想笑还是想哭的皱纹。

原来如此,太田隆太已经不在世上了——我立刻了解。

5

"所以说,你决定要寻找情人之后,就想起了好几年没见面的隆太?"太田隆太的母亲听了我的说明,迅速地反问,"你真是个有趣的孩子。"她也加了一句。

我们面对面坐在和室的矮桌前。家中整理得相当干净,只放着最低限度的必需品。和室有六个榻榻米大,家具只有电视、衣橱和角落的佛坛。

我虽然没有仔细检视,却能察觉到佛坛上摆放的黑白照片正是高中时的太田隆太。

"我记得以前看过一本书，大概是企业管理之类的书籍吧，上面提到：'想要开始新事业的时候，必须先问三个人的意见。'"

"三个人？"

"没错。首先是自己尊敬的人，第二个是自己无法理解的人，第三个则是即将认识的陌生人。"

"真有趣的建议。"妇人拿起她自己刚刚端来的杯子。绿茶芬芳的气息飘过我的鼻尖，感觉就像是绿色的香氛，让人感到安心。

"嗯，所以我也想实践这个做法。因为我只能凭借书本得来的知识而已。"

"隆太是第几个人？"妇人好奇地问。她身上寂寞的气质和长年累积的疲劳仍旧没有消散，但声音听起来显得稍微有精神了一些。

我有些害羞地竖起食指说："第一个。当我想要找一个自己尊敬、佩服的人——"

"你就想到了隆太？"她露出喜悦的表情，"没想到我们家的孩子竟然会被选上。"看到她这么兴奋，我感到有些惶恐。"很抱歉，做出选择的是像我这种无关紧要的人。"——我很想这样回答。

"一开始，"我老实地说，"我一开始想到的不是太田同学，而是想到了篮球。"

"篮球？"

"我想象篮球'咻'的一声飞到空中，'噗通'一声穿过篮框,然后篮网就会'沙沙沙'地晃动。那真的是很美、让人感觉很舒服的情景——想象着篮球划过一个柔软的抛物线,'咻'地飞过去。"

"'咻'、'噗通'、'沙沙'——你真喜欢用这样的形容。"

"是吗?"

"以前隆太常常跟我说,你很喜欢用拟声词。"

我无法理解眼前的事实,试图整理了一下思绪。"太田提起过我的事情?"

"对呀。"妇人干燥的嘴唇露出微笑,眼睛也眯了起来,"那孩子常常跟我提起你的事情。"

"你是指太田同学?"这对我而言就像听到贝加尔湖、尼斯湖——当然也可以是猪苗代湖①——这样的著名景点谈及我的话题一样,"他说了些什么?"

"他说有个同学很奇怪。"

"哦。"我不好意思地缩起肩膀。

"他说,'她给人很悠闲和平的感觉'。对了,他也提起过数学课的事情。在计算图形角度问题的时候,他看到坐在旁边的你正把四十五度角的答案写成45℃,其他答案也全都写得像是温度一样。"

---

① 位于福岛县,日本第四大湖,犹如天镜把磐梯山映照在湖面上,因而也被称作"天镜湖"。

"哦，那就像反射动作一样。"我只能老实承认。

"还有，我听说你会冬眠。"

"太田同学在家里原来满多话的。"

"不，应该说，隆太很少向我提起外面的事情。"

"是吗？"

"只有关于你的事情，他常常对我提起。我很喜欢听他聊天，所以也常问他：'田口同学今天又说了什么好玩的事情？'"

"哦。"

"他从小就没有父亲，家里只有我跟隆太两个人，常常不知道该聊些什么。多亏了你，让我们两人不愁没有话题。"

"很高兴能够派上用场。"我鞠了个躬，暗中祈祷这句话不要被误会成是在反讽。"不过他说的冬眠是怎么回事啊？"今天早上读完书的时候，我的确想到自己仿佛刚从冬眠中苏醒，但是我不记得在高中的时候曾提起这样的话题。

"我猜那大概是隆太自己编的吧。"她单手托着下巴，显出有些困惑的神情。令人不可思议的是，当我们面对面聊天的时候，她的肌肤似乎恢复了年轻的张力，就像枯萎的花朵在吸收花瓶中的水之后，又恢复了精神。"他说你平常都吃得很少，可是有一天却在午餐时间吃了很多东西。他问你怎么吃那么多，你回答他：'这是为了冬眠做准备。'他原本以为你在开玩笑，没想到你真的不知何时跑去保健室睡觉了。"

"哦。"

"而且一直睡到放学时间。"

"哦。"

"那应该不会是真的吧？"

"是真的。"我点点头，感觉像是在认罪，将双手手腕并在一起举向前，仿佛准备戴上手铐一样。"是我做的。"我加了一句。

"你真的很好玩。"

听她这么说，我的心情有些复杂，不过转念一想，又觉得只要能让她高兴也不坏。

"太田同学发生了什么事？"

"哎呀。"妇人好不容易恢复青春，却又在一瞬间回到衰老的模样，将颤抖的右手伸向杯子。她反射性地往右边瞥了一眼，大概是在看佛坛的方向吧，"你这个问题还真是直接。"

我低声说："陨石正直接朝我们撞上来，问话也只好直接一点。"

这回她的笑容比先前黯淡许多。"已经四年了，这段时间不知算长还是算短。总之，四年前的情况是到处都很混乱。"

"我爸爸妈妈也是在四年前过世的。"

"哦。"妇人眨了眨眼睛，盯着我，但并没有显示同情，只是小声地说，"这样啊。"

"当时的情况真的很糟糕。"

"我还以为这世界要完蛋了。"

"这世界的确要完蛋了。"我虽然知道自己这是多此一举，仍旧忍不住加了一句。

接着她开始叙述隆太死亡的经过：当时在"山丘城镇"外的街道上，隆太看到一个小孩突然跑到停在车阵中的休旅车底下。隆太为了救他而爬到车底，结果休旅车突然移动，把他碾死了。

"小孩子只有手臂受伤，算是不幸中的大幸。但是隆太却没有救了。"

这样啊——我心中感觉有些不可思议。光是隆太死亡的事实已经让我无法相信，更没有办法想象被车碾过的死法。在我读过的书中有很多种死亡，却没有看过像这样的死法。"不过太田同学真的很伟大。"

"伟大？嗯，也许吧，可以说他伟大，也可以说他很糟糕。"

"我刚刚也说过，我很尊敬太田同学。他什么都会，感觉好厉害，好棒。我一直暗中期待他成为大人之后，一定会完成某项伟业。"

"完成某项伟业？像是发现新大陆吗？"妇人微笑了一下，八字形的眉毛显得有些寂寞，"真遗憾，让你的期待落空了。"

"不，"我将放在桌上的双拳握紧，回答她，"我觉得自己好像中了马券①一样。"我立刻觉得这句话有些不妥当，隆太的母亲却高兴地眯起眼睛，让我松了一口气。

临走之前，妇人问我："你要不要看看隆太的房间？他的房间

---

① 日本赛马场的投注票。

仍是和四年前一样。"

我并没有特别想看，也没有特别不想看。但既然有这个机会，我还是上了二楼参观。

太田的房间整理得很干净，墙上贴着两张美国职业篮球联赛选手的海报。跳跃中的黑人选手就像黑豹一般美丽。

"你觉得如何？"妇人问我。我便回答："感觉很符合太田同学的形象。"接着我指着墙边的书桌说："书桌这个称呼感觉好像被强制念书一样，挺恐怖的。"她听了又说："你真有趣。"

走出房间的时候，我看到柜子前的望远镜，忍不住"啊"的叫了一声。

"哦，你是指那台望远镜。"她眯起眼睛，像是回忆起了往事，"那时候隆太很难得地对我说，他想要一台望远镜。可是买了之后立刻发生了陨石的骚动，结果一次都没有用到。"

我道谢之后，离开了太田家。

6

我接下来造访的是小松崎辉男的家。他不是我在学校认识的同学，而是我高中时的家庭教师。

世界陷入混乱、没有必要再去准备大学考试之后，虽然我并没有告知他"我不需要家庭教师了"，小松崎也没有通知我"我不再当家庭教师了"，但不知何时开始，他就不再来我们家，后来我再也没有见到他。不过他这个人却在我心中留下了强烈的印象。

那本企业管理类书籍中提到的"三个人"中的第二个——"自己无法理解的人"——非小松崎莫属。

他虽然是来教我念书的,但是每次都只是把试题丢给我做,自己则躺在房间里看漫画。"有问题再来问我。"他很直接地跟我说,然而当我问他"这个问题我不太懂"的时候,他却露出不耐烦的表情。

"哪里不懂?"

"有关概率的部分。"我翻开那一页给他看。

"不懂的问题就跳过去。"听到他这么说,我感到很惊讶:"你不是说不懂的地方要来问你吗?"

"可是我也搞不懂概率的问题。"

当时他已经是大学生,在县内的国立大学念二年级,所以应该比我年长三岁,可是怎么看都不像是成熟的大人,反而比较像是草率而随性的同学。也因此,看到他至少会让我感到安心:"原来大学生也没什么了不起的。"

五年之后,小松崎现在应该已经二十五六岁了。不过我心中却有预感,他应该还留在仙台。因为他是个超级怕麻烦的人。

我从书桌抽屉里找出他寄给我的唯一一张贺年卡,根据上面的寄件人地址找到他的家。

我当然不是要对小松崎说:"请你当我的情人。"相反地,因为他是"我最不希望当作情人的对象",所以我才能很轻松地找他谈这个问题。小松崎虽然是个做事随便、让人摸不着头绪的家庭教师，但总会想办法找出一个答案。"要怎么做才能找到情人呢？"即使我问出这么白痴的问题，他大概也会替我解答吧。当然，他也有可能会回答："不懂的问题就跳过去。"

正如我所预期的，小松崎仍住在六年前的贺年卡上记载的住址。他居住的公寓位于"山丘城镇"邻近的老式小区，我已经有四年没有到这一带了，但意外的是这里并没有太大的改变。当然，在这一带也随处可见被打破的窗玻璃；路边的店铺拉上铁门，而这些铁门本身也被破坏了；垃圾场上堆着如化石般的垃圾——不过这样的情景在别的地方也一样。路上几乎没有行人，这一点也和"山丘城镇"一样。途中我经过公园，看到自卫队的吉普车被推倒在水沟里。

"咦？好久不见。田口美智，五科目总分四百七十二分。"小松崎推开公寓大门，看到我，他劈头第一句话就这么说。

"你果然没有搬走。不过你竟然还记得我的名字跟分数。"

"我对于自己教过的学生，都会至少记住他们的名字和最高得分。"他的外貌和五年前一模一样。硬邦邦的头发仿佛一旦以指头碰触就会发出嘎嘎的摩擦声，披肩的长发烫得很卷，脸上戴着黑框眼镜，尖尖的鼻子感觉挺可爱。由于他长得很瘦，整张脸看起来就像昆虫一样。

瘦削的长发男子，戴着度数很深的眼镜——听起来感觉似乎很诡异,但是令人不可思议的是,小松崎却不会给人不干净的印象。爸爸和妈妈似乎也都很喜欢松崎。他曾经痛骂爸爸支持的职棒球队是"黑金球队",也曾对妈妈煮的菜做出"多此一举"的抱怨:"盐巴这种东西,只要加一小撮就可以了。"然而他这种毫不掩饰的态度却不会让我们感到讨厌。

光是从门缝窥视小松崎的房间,就可以想见里头乱到看不见地板的程度。所以我们便走出公寓,来到邻居的平房庭院中。小松崎告诉我:"这家人一年前搬出去之后,就再没有回来。"我们坐在屋子前方的外廊,看着眼前宽敞的庭院。

"田口美智,你现在几岁了?"小松崎问。

"我今年二十三岁。"

"在正常的情况下,你现在应该已经大学毕业了。"

"如果能考上大学的话。"

"当然考得上了,你有这么棒的家庭教师。"小松崎一脸正经地说。

"这位家庭教师很有可能会被炒鱿鱼吧?"

"怎么可能?我这么优秀。"

"现在也只能凭想象来猜测了。"我坐在小松崎的左边,抬头看着天空。空中有一道仿佛以白笔划过的云朵静静飘过。

"小松崎老师,你现在在做什么?"

"什么意思?"

"你这五年是怎么过的?"

"我过得很拼命。我拼了命才能活下来。"小松崎的嘴角挤出很深的皱纹,"你那边应该也差不多吧?人类真的是很脆弱的生物。到处都发生了暴动,幸亏没有人来抢这么破旧的公寓。那些比较豪华的住宅都成了强盗的目标,只是走在路上都会被暴徒袭击。我第一次遇到的暴徒是个像丝瓜一样苍白而又瘦弱的家伙,他手中拿着球棒站在我面前。我告诉他:'我身上没钱,而且基本上,世界都要结束了,也不需要什么钱吧?'他却跟我说:'我不是要你的钱。'"

"他不是要抢你的钱?"

"他说:'我一直想要狠狠地把人痛扁一顿。'"

我可以了解这种心情。"好像有很多人都这么想。"

"说得好听就是'获得解放',难听一点就是'自暴自弃'了。"

"小松崎老师呢?你也得到解放了吗?"

"你忘了我的脑筋很好吗?"

"是吗?"

"所以我才不会被骗。要是在这种时候失去注意力,就正中对方下怀了——我一直这样告诉自己,所以才能存活下来。我告诉自己,一旦自暴自弃,那就输了。所以我囤积了一些食物,静静地躲在房间里,总算安然无恙地活到现在。"

"正中对方下怀?你是指谁?"

"就是陨石啊。"我无从判断小松崎是不是认真的。他噘起嘴巴,接着微笑了一下,发出跟以前一样嘻嘻嘻的尖锐笑声。"对了,田口美智，你怎么会来找我？"

"因为我想来请教你一个问题。"我想起最初的目的，开始说明自己的来意。

小松崎默默无言地听我说话，中途打断了我一次："等一下。"他站了起来，走到院子的角落里呕吐之后，又回到我身边。

"你不要紧吧？"

"你难道不在乎吗？"

"在乎什么？"

"我本来以为自己已经习惯目前的状况，也已经接受陨石将要冲撞的事实，但是有时候还是难免会像这样想吐。"

"会想吐？"

"大概是体内累积得太多了吧。"

我本来想问"累积太多"的是什么东西，但想想还是算了。不管是听到像"绝望"这种直截了当的回答，或是像"某种莫名的焦虑"这种暧昧的回答，大概都会让我陷入沉重的心情。

小松崎听我说明完毕之后，露出有些落寞的神情，喃喃地说："原来你的父母亲都已经死了。"

"嗯，他们都死了。"说到这里，不知为什么，我突然想哭。这四年之中，我完全没有过这样的感觉。或许是因为刚刚看到小松崎呕吐的样子吧。我咬紧牙关，努力张大眼睛忍住眼泪。

"有没有留下遗书之类的？"

"完全没有。"

"你一定很惊讶吧?"

"当然了。我完全搞不懂他们为什么只留下我一个人。所以我想,如果把家里爸爸留下来的书全部读完,或许能找到某种答案吧。"

"你把那些书全都读完了?"

"刚好在昨天全部读完。"虽然挤不出肌肉,但我还是曲起了手臂。

"你找到答案了吗?"

"我只是隐约感觉到,爸爸似乎思考过很多问题。"当我在阅读小说的时候,时而感觉到胸口被刺般的疼痛,时而感觉到有如棉被般的温暖。以爸爸的天性,大概很容易敏锐地捕捉到这些情感吧。

小松崎似乎瞥了我一眼,但立刻又将视线转向院子。"结果你花了四年的时间窝在家里看书,看完之后就想要出来找个情人?田口美智,你还真是个怪人。"

"我只是忽然觉得:不想孤单地活在世上。三年后,我也想和某个人在一起。如果是情人,那就更好了。"

小松崎露出意味深长的表情,缩起下巴说:"可是情人终究也只是外人,到了紧要关头,不知道会发生什么状况。"

"小松崎老师,你这种讲法,好像自己也谈过恋爱一样。"

"我其实很有异性缘。你当初只是个高中生,所以大概无法了解这一点。"

"我的确无法了解。"毕竟他长得像昆虫一样。

"田口美智,五科目总分四百七十二分——像你这样的小朋友是无法理解我高深的魅力的。"

小松崎不动声色,自信地夸口。我虽然知道他不是随便说谎的人,但还是很难相信眼前这个一头乱发的眼镜男会有如此大的魅力。"那你现在有女朋友吗?"

"现在没有,我也不想交。"说到这里,小松崎的音量突然降低。他果然是在说谎——我这么想,但另一方面也不禁揣测,他的女朋友或许在这五年的骚动中以某种方式离开了他。

"总之我没办法给你任何意见。寻找情人的方式有太多种可能性了。"

"你可以举例告诉我有哪些可能性啊。"

"我只能劝你,最好不要随便找男人搭讪。现在的社会这么乱,一定有很多家伙会立刻发动攻击。话说回来,难道你没有想要积极交往的对象吗?像是同学、学长或是单恋的对象之类的。"

"我原本想到了一个人,觉得如果他是我的男朋友就好了。"我脑中浮现太田隆太房间里贴的那张海报上美国职业篮球联赛选手敏捷跳跃的画面,"不过我去见他的时候,他已经死了。"

"哦,不过单恋通常就是这么回事。我最近开始想,"这时小松崎突然改变语气,就像他每次要提出歪理时的口吻,"我们不应该去想三年后一切都会结束,应该把它想成:三年后,大家都会进入冬眠状态。"

"冬眠?"

"像熊之类的动物不是会冬眠吗?它们在冬天来临之前先补足营养,然后一直睡到春天。小行星冲撞地球虽然是很残酷的事实,不过只要把它想成是冬眠的开始,到了春天就可以醒过来,心情不就轻松很多吗?"

"冬眠啊。"刚刚在太田隆太的家也提起冬眠的话题,让我觉得相当有趣。"可是——"

"可是什么?"

"如果是一个人冬眠的话,感觉会很寂寞吧。我还是希望可以和情人或是某个人一起冬眠。"

"田口美智,你的想法还真乐观。"小松崎以高高在上的口吻说。

接着,两人沉默了一会儿,但并不是因为找不到话题。小松崎似乎想到一个问题,却不知道该如何向我提起。

一只掠鸟飞来,停在院子里的的梅树上。这时小松崎终于开口了:"田口美智,你不恨他们吗?"

"你是指我爸妈?"

"他们这么做,等于抛下你先逃跑了。你难道能够原谅他们吗?"

"我觉得这不是原不原谅的问题。"我说出这四年来一再思索得到的结论,"就像樱花只在春天很短暂的期间开放,但是没有人会因此而生气,觉得樱花'不可原谅'吧?"

"樱花本来就是这种植物。"

"同样地,"我说,"爸爸妈妈虽然死了,不过,事情大概本来就是这么一回事吧。"

"这个想法还真是达观。你是个超人。"

"啊,我在书上看过这个词,超人——"

"你是指面包超人吗?"

"什么啊?我是指尼采的学说。"

"哦。"

小松崎回了一声之后,站了起来,拍拍屁股说:"我只能告诉你,窝在房间里是绝对找不到情人的。总之,你先试着在比较安全的时段到外面走走吧。或许可以碰到一个不错的男人。"

"真的会有这么凑巧的事情吗?"我也站了起来。

"恋爱有时候是靠运气的。如果真的找不到对象,你就来找我吧。"

"什么?"我皱起眉头,"你是指,找你当情人?"

"这是最糟糕的情况。"

"我才不要。那我宁愿一个人冬眠。"

"田口美智,五科目总分四百七十二分——你的想法是正确的。"说完,小松崎咧嘴大笑,我也跟着笑了出来。

7

离开小松崎的公寓之后,我沿着来时的路回到"山丘城镇"。走上蜿蜒而漫长的上坡路时,我感到心情相当愉快。鞋子踢着地面,反作用力震动着我的膝盖和大腿。当另一只脚再度踏到地面时,坚硬的触感会让我感到心安。我感觉到自己血液的流动比平常更活跃,也感觉得到脉搏的跳动。途中我突然觉得想吐,走到路边的水沟旁,吐出带着酸味的口水。我擦擦嘴,继续向前走。

当我要穿过公园的时候,突然想爬到上次看到的那棵榉树上。我在缠绕着疑似风筝线的树前停下脚步,目测树的高度。

我心想自己大概爬得上去。附近有一张桌子,只要踩到桌上,应该可以够到树枝。我将桌子拉到树下。这张桌子已经不是书桌,而是被人拿来当椅子,因此应该称作椅子桌才对——我心里边这么想边踩到桌面上。

我抓住树枝,爬到树上,很顺利地往上爬。身上的牛仔外套擦破了,卡其裤也勾到树枝,但我并不在意。爬树让我感觉很快乐。

当我接近树梢,果然发现有一个残破的风筝挂在树上。我松了一口气,坐在树干和树枝之间。只剩下木架和线的风筝黏在树皮上,没有证据可以显示这就是香取夫妇儿子的风筝。这东西已经变成榉树的一部分了。我抬头看了看前方,接着"哦"地叫出声来。

树上的视野实在是太棒了。

我可以看到镇上的街道,以及远处的仙台市区。至于公园周围的住宅,从某些角度甚至可以看到屋内的情景。我伸长脖子,左右窥探,就能够清楚地观察到"山丘城镇"的模样。

我不知道自己在树上眺望了多久,当我听到脚底的树枝发出吱吱的断裂声时,便双手环抱树干,站了起来。"我得赶快回家磨山药泥了。"

然而这时我发现一个意想不到的物体进入视野当中,便凝神注视。那是位于东侧的一栋大房子。从我所在的位置可以清楚地看到那栋房子的庭院,院子里蔓生着各种植物。这户人家大概原本非常热中于家庭园艺,然而现在却已经无心去费神照顾。针叶树和观叶植物长得相当茂密。

"咦?"我看到绿色植物当中有一个人。我探出上半身,差点掉下树,于是连忙恢复原来的姿势。

有人倒在院子里。我再次凝神眺望,看到那是个和我差不多年纪的男人。他的身体弯成く字形倒在地上,似乎失去了意识。我不知道那个人是否还活着。如果还活着,就得赶快去救他才行。

我伸出右脚开始爬下树,双手抓着树枝和树干,手忙脚乱地往下爬。

我能做什么呢?——我的脑中产生这样的疑问,另外也想到,突然跑进别人家里不知道该说些什么。左边的鞋子勾到树枝,我松开右手,以左手支撑。

"先问他:'不要紧吗?'接着再对他说:'这也是一种缘份吧'。"我仿佛听到超市的店员在我耳边低语。

再过三年世界就要结束了,虽然看到有人倒在地上,但我心中却很不负责任地浮现出兴奋而奇妙的预感。滑到这个高度应该可以跳下去了吧?我松开手往下跳。

钢铁羊毛

1

直到五年前，只要苗场先生一出现，练习场内的气氛便会立刻改变。

不论是在镜子前面跳绳的人，还是对着镜子挥拳的人、踢教练手上拳套的人、踢沙包的人——所有人看到苗场先生进来时，都会感觉到瞬间的紧张。虽然大家仍旧默默地继续练习，只是稍稍屏住呼吸并偷偷往他身上瞥一眼，却可以明显地察觉到练习场中的尘埃仿佛都沉淀下来，空气中像是撒过盐般清净许多。我很喜欢那样的瞬间。

当然，即使到了现在，每当苗场先生出现，我都会自然而然地挺直背脊，精神也会格外振奋。和五年前不同的是，现在的拳馆练习场中只有刚满十六岁的我、苗场先生和拳馆会长三个人。也因此，虽然我仍是会感到紧张、会屏住呼吸也会偷偷瞥他一眼，却并没有到能让空气焕然一新的程度。

站在前方的儿岛会长举起左手的拳套。我立刻站稳左脚，将右脚踢出去。手臂颤动一下，我"哼"地吐了一口气。随着脚背感受到的冲击，"啪"的声响传到我的耳中，脑袋变得一片空白。

再踢！会长虽然没有出声，但他举起的拳套却这么说。我迅速地以右脚再踢一次。我连续踢了两次高踢。"好！"接着会长将拳套拿低，我便将脚压低，使出下段踢。一次、两次，虽然气喘吁吁，但感觉很痛快。

会长看准时机，轻轻将脚踢出，他的动作缓慢而有节奏。我抬起大腿防御，并后退闪避。

从视野左端，我可以看到苗场先生开始跳绳。我听到抽鞭子般的锐利风声。每当苗场先生的赤脚落在地面上，练习场中就会传来柔软的踩地声。

钟声响了，踢拳套的练习终于结束。"谢谢指教！"我将戴着手套的双手放在胸前，向会长鞠躬。

"嗯。"头发斑白的会长缓缓地走到入口旁的桌前。只看背影，他看起来就像个寻常的中年欧吉桑。桌子后方的墙上贴着会长从前的照片。那是会长获得踢拳比赛全日本冠军时的照片，照片里的他将勋章挂在肩上，握紧拳头怒视前方，头发留得比现在稍长，表情相当精悍。"我现在虽然老了，不过大概还是比这家伙强一点。"会长以前曾经指着自己的照片笑着说。"至少现在的我可以让看比赛的观众更加热血沸腾。"他又补充一句。

苗场先生结束跳绳，左右转动身体，并摸了摸自己的手臂，似乎是在确认肌肉的状况。他的身材虽然不算高大，却相当具有威严。

他现在应该已经超过三十岁了，但是外表看起来仍旧和我刚到这里的时候一模一样——不，甚至比那时更为精悍。他就如同钢铁一般。事实上，五年前苗场先生受到媒体关注的时候，动不动就被冠上"钢铁的"这样的形容词，如"钢铁的踢拳选手""钢铁的胜利""钢铁的怒吼""钢铁的败战""钢铁的正直"……

但是在近处观察，苗场先生的肌肉虽然像钢铁般强壮，却又具有柔软的特性。看到他背上的汗水沿着脊椎骨流下，会觉得很性感，仿佛柔软而具有弹性的矿石，吸引住我的眼神。

钟声又响了。我用手套轻轻碰触沙包，接着举起右脚。当我感觉到脚背的冲击、听到踢中沙包的声音时，脑中就会涌现模糊的幸福感。原本如蜘蛛网般挥之不去的不安和无奈，只有在踢沙包的时候会消失殆尽。乌云散去，父亲的身影和母亲的脸孔也消失了，只听得到"啪"的撞击声。

2

我是在六年前开始到儿岛拳馆练踢拳的。当时我还是天真无邪的小学生，一年四季都穿着短袖短裤。

"你被人欺负了吗？"初次见面的时候，会长劈头就这么问。听说他平常不会问这种问题，想必是我当时的表情显得太过悲壮了吧。会长坐在入口处的办公桌前，戴着眼镜检阅账簿，我一开始还以为他是办事员之类的。被一个中年的拳馆办事员愉快地问起"你被人欺负了吗"，让我感觉有些火大。"才不是。"我噘起嘴巴回答。

这是实话。我虽然课业成绩不算优秀，运动方面却几乎样样全能，人缘也很好，可以说是班上的风云人物。

"我有个想要战胜的对手。"我告诉会长。

"真不错。"会长露出牙齿微笑。当时才下午三点多，练习生还没有来，只有即将参加比赛的苗场先生在做伸展操。

"对手也是小学生吗？"

"五年级，比我大一岁。"我闷闷不乐地回答，"那家伙很嚣张。"

那个五年级叫板垣，个子大概是全校最高的，身材也很魁梧。他的牙齿长得很不整齐，总是摆着一副臭脸，而且常常对同班的男同学施加暴力。我常常在回家的路上或走廊上亲眼目睹他的暴行。看到他一脸得意的表情猛踢趴在地上哀求的对手，就让我感到很不愉快；而对于因为害怕而不敢出面拦阻的自己，我也感到同样地不愉快。

"不过我们这里禁止练习生跟外人打斗。如果你学了踢拳之后到外面打架，我可不饶你。"会长说。

"这样啊。"我有些动摇，但立刻又回答，"我知道了。"反正只要不被发现就行了。

"不过你为什么选择到我们这里？如果只是想要变强，应该还有很多别的方式吧？"这是当天会长问的最后一个问题。我犹豫了一会儿，老实回答："因为我想变得跟苗场先生一样强。"

一个月前，电视上转播的那场比赛在我心中留下深刻的印象。苗场先生轻轻摇晃身体寻找节奏，并注意观察泰国籍的对手，当对手有一瞬间往旁边看时，他便抓住机会使出右下段踢，接着又迅速出左拳，获得胜利。我被他凌厉的攻击动作慑服，也被他的表情和立姿打动。

"光是嘴上说想要变得跟苗场先生一样，是不会变强的。"会长笑了，"你必须以打倒苗场为目标才行。你知道苗场刚到我们这里时说了什么吗？"

"不知道。"

"他很臭屁地跟我说：'我是明年的冠军，请多多指教。'可是在这之前他完全没有接触过踢拳。你说对不对呀，苗场？"会长转向苗场先生。他正伸直着双腿，将上半身贴在地上。

"请不要再提那件事了。"

"别看他现在彬彬有礼，还被称为默默练习的修道僧，他起初真的很嚣张。"会长又说，"不过还是要像他这样，才能成大器。你也一样，如果老是在意欺负人的学长，是不可能变强的。"

"那我也要打倒苗场先生。"

"不可以称呼苗场先生，要说'苗场那家伙'。"会长根本就是在拿我寻开心。我才张口说了"苗场"两个字，便从眼角瞥见苗场先生锐利的眼光正瞪着我，声音就堵在喉咙里出不来了，过了一会儿才说出"先生"，并鞠了一个躬。

接下来的一年中，我很勤奋地去拳馆练习。每星期有两三次，我会在放学回家之后，坐十分钟的公交车到市中心的练习场。我一开始完全搞不清楚状况，也听不懂教练的说明，不过当我习惯之后，身体领会到踢脚和出拳的节奏，便练得相当快乐。踢手套时发出"啪"的撞击声让我感到痛快。早在体验性亢奋之前，我便已经领悟踢击的快感。

也因此，不知不觉中，我已经不在乎板垣了。他仍住在"山丘城镇"，我偶尔也会看到他，但心中想要与他对抗的想法却逐渐淡薄。原本为了对抗板垣而想变强的目标中，除去了"板垣"的名字，也除去了"对抗"的意欲，只剩下单纯想要变强的动机。

然而这样的努力也只持续了一年而已。一年后的夏天，那场骚动就开始了。新闻播报着"小行星即将在八年后撞上地球"的消息，世界陷入了一片混乱。当时还是个小学生的我无法了解事情的严重性，心中只有一些小疑问，例如："为什么今天不用去学校""为什么不能离开家门"或是"电视上为什么一直在播特别节目"，等等。直到小学停止上课，父亲在回家途中被暴徒攻击以致肩膀负伤流血，我才发觉到周遭的异常。

3

骚动开始之后，我自然也没有办法继续去拳馆练习。父母亲不但不让我出门，甚至还叫我待在房间里。我一开始还会在房间里做伏地挺身和柔软操，但后来便逐渐荒废了锻炼的习惯。

这五年可以说一转眼就过去了，也可以说过得相当漫长。原本是小学生的我，已经到了可以念高中的年龄，身高也长高了十五厘米，脸颊和额头上都长出青春痘，也开始对异性产生兴趣。然而可惜的是，在我的身边别说异性对象，就连和同性朋友之间的往来也减少了许多。根据传闻，这一带的人口急剧减少，不知是搬离了"山丘城镇"，迁移到其他场所，或是已经死亡了。

"在这种时候还没有发狂的家伙，一定是原本脑筋就有问题。"我相信这句话是正确的。说这句话的是我的父亲，他在"世界末日"宣布后不到两年，就完全关在自己房间里。原本瘦小而勤奋的父亲变得像神经质的小动物一般胆怯。他曾在吃饭的时候突然大哭，发出怪声，并殴打母亲。

我很讨厌看到父亲如此懦弱，只能避开视线，假装自己的家里没有父亲。然而即使这样，也无法让自己的心情稳定下来。我常常窝在自己的房间里抱着膝盖，喃喃自语："我绝不原谅，我绝不原谅。"不论是行星或是父亲，我都无法原谅。

然而不可思议的是，到了今年，治安开始缓慢但确实地恢复了平静，如同波涛汹涌的海面逐渐平息波浪，变成宛若静止的湖面，镇上的情况也稳定下来，仿佛持续五年的祭典终于结束了。住在同一栋公寓隔壁房间的樱庭先生甚至开始固定和一群朋友举行野外足球比赛。

"妈，真是辛苦了。"我在三个月前这样对母亲说。这种话通常都是在情况好转之后才说的。母亲以疲倦的声音说："我真的好累。"一旁的父亲则在怒吼"这种时候还不会发狂的家伙"那句台词。母亲无力地点头说："也许吧。"看到这幅景象，我心中确信："即使世界没有结束，我们家也结束了。"

我走出公寓时，已经接近黄昏。走过公园时，西斜的夕阳正刺眼。

我突然想要去仙台市区。虽然没有特别的理由，但我觉得，与其待在家里滋长郁闷的心情，还不如多走些路。

我已经几乎整整五年没有走这条路了。这条路原本是公交车经过的单向县道，但现在左右两边的水沟旁都停放着被遗弃的汽车。

我走在人行道上，下了和缓的斜坡，不知不觉就走到位于市区东边的小巷中。我在途中好几次感到不明原因的腹痛，每次都得蹲下来等待疼痛过去。或许是以前乘坐公交车的记忆残留了下来，我不知不觉地便挑选自己习惯的路径走。

我没有想到拳馆的练习场留存了下来，更没有想到还有人在里头练习，因此当我走过练习场时甚至没有瞥一眼落地窗。当然另一个原因也是因为当时玻璃正反射着刺眼的夕阳。

然而当我走过练习场大门时，听到了里头传来的声音，终于让我停下了脚步。

啪！啪！鞭打皮革般的声音锐利地穿过我的耳朵，刺入我的胸口。

我感到不可置信，停下脚步转向练习场。接着我惊讶地张大了嘴巴。

玻璃窗后方的练习场内，会长正戴着拳套在练习。他的眼神仍旧和五年前一样锐利，只是增添了一些白发。他的双手戴着拳套，腰部下得很低，前方则站着一个打赤膊穿短裤的男子。对方将双拳举在胸前，连续使出好几记下段踢，反复发出相当具有威力的啪、啪声。

我看到汗水从千锤百炼的身体上洒出，在夕阳下闪闪发光。也看到另外一道汗水缓缓地沿着背脊侧面流下。踢在拳套上的每一记，都让我的腹部感受到同样的冲击。

怎么搞的？我觉得自己宛若在梦中。这里是怎么搞的？只有这里，只有这两人，和五年前完全没有改变，仿佛小行星或陨石都与他们无关。

会长不断变换拳套的高度，苗场先生强韧的身体也随之转动。而我则一直伫立在原处，呆呆地看着他们两人练习。

4

五年前，苗场先生正在准备一场重要的比赛。那场比赛是次中量级踢拳冠军赛，苗场先生是卫冕者，对手则是小他三岁的选手，名叫富士冈。

旧钢铁是否能够战胜新素材？

当时的报章媒体都一窝蜂地以此为题，大肆炒作。富士冈留着一头染成金色的长发，外表相当时髦，是众所瞩目的帅哥，不论言行举止或穿着打扮都显示出良好的出身。连当时还是小学生的我也觉得"这家伙真华丽"，和苗场先生可以说是极大的对比。

"苗场先生怎么可能会输给那种不三不四的家伙！"当时和我一起回家的拳馆学长这样对我说。这位学长比我大十岁，却总是以对等的口吻跟我说话。我记得我也回答他："当然了，苗场先生绝对不可能输。"

或许是为了炒热比赛话题，媒体特别喜欢强调苗场先生和富士冈的差别。

传统作风的苗场先生较受资深武术迷欣赏，他生长在宫城县乡下不算富裕的家庭，目前住在仙台市；富士冈则是外交官的独生子，有许多女性粉丝，住在东京。两人的比赛风格也不一样：苗场先生完全不顾防守，尽量逼近对手，反复使出下段踢和左勾拳，即使被拳打脚踢仍继续向前，曾获得不少判定绝对胜利，但因为过分执着于进攻，常不小心忽略了防守而莫名其妙地输了比赛。相对地，富士冈则灵活运用脚步，与对手保持有利的距离。他的出拳和踢击虽然比较没有威力，却能相当确实地瞄准对手的要害。再加上他很擅长防守，碰到由裁判判决胜负的情况时常稳拿胜利。

"那种娘娘腔的作战方式实在太差劲了。他不懂格斗技的比赛就是要让观众热血沸腾。"学长这么说，我也有同感。

媒体评论其实也比较倾向支持苗场先生"老实而不取巧的作战方式"，而不是"技术巧妙却不费多余力气"的富士冈。虽然报道方式表面上看起来公平，却有引导读者同情苗场先生的趋势。

但很有趣的是，一般大众的看法却有些不同。年轻人普遍嫌弃过分强调斗志或毅力的精神化作风。

在那段时期，大家都对"过程比结果重要"或是"与其留下记录，不如留在记忆中"这类陈腔滥调产生了反叛的心理。

其中一个理由，或许是因为当时有好几家大企业接二连三地宣告倒闭，宣称"我们虽然已经尽力，但还是无法挽回大局"而引来大众的反感。难道只要努力过，就可以得到原谅吗？一定有很多人忿忿不平地这样想。大家已经受够了冠冕堂皇的场面话，认为事情的结果也是同等重要的。因此，在格斗技的观众中，有不少人支持富士冈。年轻的富士冈"巧妙地避免受到伤害，却能得到最好的结果"，成了年轻人的理想典范。

"苗场先生，富士冈根本就是徒有其表，其实很弱吧？"有一次，学长在练习场换衣服时，对着背向我们的苗场先生这样说。

基本上，我们在练习场上很少交谈。到拳馆不是为了来聊天，练习也不是为了来交朋友。讲得难听一点，拳馆的其他人都是敌人。我去练习的时候虽然几乎总会遇到苗场先生，可是都没有和他说话。甚至连彼此的视线都很少碰在一起。

当时苗场先生缓缓地回头，以锐利的视线看着那名学长。学长闭上嘴巴不敢说话，连站在一旁的我都感到紧张，害怕会受到斥责。过了一会儿，苗场先生不动声色地说："富士冈很强，大概比我还要高明。"

姑且不论他这番话的内容，我和学长反倒比较讶异于他竟会开口回答这件事。

"不过我不怕他。而且，最后取得胜利的一定是我。"苗场先生接着说。

他的声音虽然不大，却相当明晰，如冰冷的矿石在黑暗中发出的亮光。

我感到全身都在颤抖。这是因为感动而颤抖，相信学长也一样。苗场先生的话特别具有说服力。

我反射性地想起之前在格斗技杂志上看到的一段访问。苗场先生在访问中说："我讨厌用数字表示结果。我的数学本来就不好，所以几战几胜几败对我来说都没有意义。基本上，比赛不是只有胜负结果，还有看完比赛的观众的心情，以及我自己的心情。在这些方面，我也得获得胜利才行。"

"这样啊。"采访的记者口中这么说，但一定没有理解苗场先生的意思。"你喜欢练习吗？"记者又问了下一个问题。

"我很讨厌练习。不会有人喜欢那种东西。"

"你是因为不想输，才努力鞭策自己？"

"老实说，是因为那老头不会放过我。"他是在暗指会长。接着又说："不过我总是会问自己——"苗场先生的话虽然都很简短，但总是让我有所警惕。

"问自己？"

"我能原谅自己吗？当我想要在练习时偷懒，或是在比赛时想要临阵脱逃，我就会自问：'喂，我能原谅这样的我吗？'"

最后当记者半开玩笑地说起"苗场，你好像都只用下段踢和左钩拳"的时候，苗场先生这样回答："既能用下段踢和左勾拳，又能让观众热血沸腾，除此之外还需要什么呢？"

苗场先生离开更衣室之后，我和学长面面相觑，无言地彼此点了点头。"苗场先生一定会赢。"

然而后来比赛并没有举行。小行星事件之后，我不再去拳馆练拳，苗场先生和富士冈之间的冠军赛也一再延期。至于那位学长，则在争夺食物的时候被人用铁棒打死了。

5

会长在餐厅里边吃乌冬面边抬起头问我："话说回来，你为什么会回来练习？"

练习之后，我和会长两个人一起吃晚饭。虽然我知道家里有晚餐在等我，但肚子还是饿到忍不住。大概是因为正值食欲旺盛的发育期吧。

这栋木造建筑五年前还是某国立大学的学生餐厅，空间虽然宽敞，却也因此感觉颇为寂寥，一半以上的日光灯被打破了，没有更换新灯管，室内显得光线不足。

掌厨的是一名满头白发的大叔。他原本是无业游民，每天在仙台市的公园里徘徊，拿报纸代替棉被睡觉。在成为游民之前，据说是一名在乌冬面店修业的厨师。"我原本已经失去生存的力气，打算干脆在严冬中冻死算了，可是后来发生小行星骚动，个性别扭的我反而突然燃起了活下去的斗志。"之前在一次交谈中，这个全身散发着葱味的大叔口沫横飞地说。他现在接手了这间餐厅，专门贩卖乌冬面。"我会一直煮乌冬面，直到买不到面粉为止。不过大概也撑不过一年吧。"他曾这么说过。

"我是因为没有其他事可做才回到练习场的。"我这样回答会长的问题。事实上，我是因为偶然路过的时候看到苗场先生的练习情景而深受感动——不过这种话说出来很害羞。

"你变了很多。以前你刚来的时候小小的，比现在可爱多了。"会长的话虽然粗鲁，却带着温暖。

"五年前我还是小学生啊。"

"说得也对。你现在已经十六岁了。真倒霉，你的青少年时期几乎都是在陨石骚动中度过的。"

"不过，"我摇摇头说，"反正大家都一样。"我之前也曾觉得委屈、畏惧或自暴自弃，但这些时期都已经过去了。十几岁的年轻人是喜新厌旧的，我早已厌倦绝望的心情。"会长和苗场先生是什么时候又开始练习的？"

"我们从没有中断过。"会长低着头笑着说。

"没中断？即使发生了那么大的骚动？"我虽然大半时间都在房间里度过，却能猜想到外界的混乱。街上处处是惨叫声、破坏物品的噪声或是警察和自卫队的广播，气氛相当火爆。即使是在郊区的"山丘城镇"也是如此，仙台市区的情况想必更糟吧。

"我们当然没办法很悠闲地练习，不过那家伙尽可能每天来这里对着沙包练拳。对了，之前有两个人跑到练习场，想要攻击苗场。"

"真的？"

"一个是从以前就讨厌苗场的年轻人，趾高气扬地说'我从以前就看你不顺眼'之类的。另一个则是脑筋有问题的男人。"

"结果如何？"

"苗场一开始也不知道该怎么处理，毕竟我们拳馆禁止和外行人动武。"

都面临这种情况了，似乎没必要固守这种规矩吧？我感到有些无言，将剩余的乌冬面一口气吸入嘴巴里。胃部立刻开始翻搅，差点让我把面条吐出来，但我努力忍住了。

"后来没办法,只好让他们也加入拳馆当练习生。"

"什么?"

"算是所谓的入门见习吧。当然只是我单方面地对上门来打架的家伙说:'我准许你们参加入门见习,所以你们现在是练习生了。'这样的话,即使双方打起来,也只是在练习,而不是打架。"

"是这样吗?"

"至少在心情上来讲是这样没错。接下来的发展就很迅速了,苗场的右下段踢两三次命中对手的膝盖,于是对方就倒在地上起不来了。"会长以手中的一根竹筷当作苗场先生的脚,敲在另一根筷子上。外行人被苗场先生的下段踢踢中,大概立刻就承受不住了吧。

"那小子曾说,现在正是好机会。"

"好机会?"

"其他人都不在练习场,所以只要趁现在努力练习,就可以抓住机会变得更强。"

"可是苗场先生在国内已经所向无敌,怎么可能会在意拳馆的其他练习生呢?"

"那家伙伟大的地方,就是不会恃强而骄。他总是有一种危机感。"

这时,一个人从敞开的大门走进来。会长的身体一瞬间紧张起来,我也立刻采取保持警戒的态势。大家已经养成习惯,只要看到陌生人就会怀疑是暴徒、强盗或疯子。

走进来的是一对举止稳重的男女。我放松紧张的心情,胸口却涌起一股冲动。

"会长,你觉得我现在变强了吗?"离去之前,我站起身开口问。

"说实话,你还挺有天分的,小学的时候就很不错了,现在才重新开始练习三个月,算是进步很快。"

我听了很高兴,握紧拳头。

"不过你还真是奇怪,这种时候不是有很多该做的事情吗?"

就是因为没有才伤脑筋啊——我原本想这样回答,却改口说:"这句话应该由我对会长说吧?"

"是吗?"

"今天练习的后半段,你拿着一根长长的竹剑刺苗场先生,那是为了要研究如何对战富士冈吧?"富士冈的拿手绝招就是在对手近处伸脚前踢。"难道你们还打算继续五年前的冠军赛吗?"我半开玩笑地说。会长正拿出钱包,听了便皱起眉头说:"要你管。"

"真是奇怪。"我嘲笑他。

当我们宣布吃饱了,大叔便从厨房走出来。会长粗鲁地向他打招呼说:面煮得很好吃。我也鞠了躬说:谢谢,我吃饱了。"下回我打算推出甜不辣套餐。"大叔露齿微笑。

"哦。"会长响应了一声。

"上回我去县南的海边钓鱼,那里挤满了一大群钓客。仔细想想,小行星虽然接近,但是对海里的鱼应该没有太大的影响,很多人靠钓鱼来获取食物。总之,我会再去一次,等我钓到鱼,就要拿来做甜不辣。"

这年头已经很少人谈论将来的计划了,所以我看着侃侃而谈的大叔,感觉很羡慕,先前想吐的感觉完全消失了。

6

从市区回"山丘城镇"的路上,我想起有关苗场先生的一则插曲。

大概是电线杆上张贴的无数"寻人启事"小广告触发了我的回忆吧。每张广告都因为风吹雨淋而破碎、退色,文字也变得模糊不清。广告上的照片让我想起了三岛小姐。

三岛小姐名叫三岛爱,是一位职业摄影师,也是苗场先生的专属摄影师。我不知道她是怎么和苗场先生结识的,不过在我刚进拳馆的时候,她就已经在替他拍照了。她特地从东京开车到此地,扛着相机到拳馆,在弥漫着汗臭味的练习场专注地替苗场先生拍照。虽然专业不同,但她看起来也像是一名格斗家。三岛小姐当时三十五岁,已婚,不知道有没有小孩子,但是她总是追随苗场先生的全国巡回比赛,让人怀疑她是不是不用照管自己的家庭。

我很喜欢三岛小姐的照片。身为小学生的我当时只能说出"不知道为什么,感觉很棒"之类模糊的感想。现在回想起来,三岛小姐拍的照片敏锐地捕捉到了苗场先生身上凶暴与静默两种矛盾的特质。在其中一张照片当中,可以看到苗场先生有如鞭子般飞出的右脚、宛若以雕刻刀凿出的腿部肌肉阴影,以及仿佛周遭没有半个人影般的寂静气氛。

我只和三岛小姐谈过一次话。那天她来整理照片,刚好练习场上只有我一个人。她对身为小学生的我产生了兴趣,问我来拳馆学习的动机,问我格斗技的魅力。

"我想问你一件事。"我最后才问她,"你为什么没有拍过苗场先生被判定绝对胜利时的照片呢?"

"真的?"她显得有些惊讶,"应该有吧?"

"我不是指倒在地上的照片,而是拳头刚好击中的瞬间。我都没有看过那样的照片。"我不习惯和年长的女性聊天,因此说话有些吞吞吐吐的。这时三岛小姐发出轻快的笑声说:"哦,原来是指这个啊。"接着她又说:"因为我会变成观众。"

"变成观众?"

"判定绝对胜利的瞬间,怎么可能会有人透过观景窗来拍照?你不觉得那样很奇怪吗?一定会情不自禁地亲眼观看比赛吧?"

"这样啊。"我感觉有些不可思议,"那样没问题吗?"

"当然没问题啦。"三岛小姐愉快而干脆地回答,"虽然没有用相机拍照,但是我在心中按下了快门。"

"可是这样就没有照片了。"

"那只是没有办法显影罢了。"三岛小姐的口吻虽然不是在开玩笑,但我想起最近学到的一个词,便说:"这是狡辩。"

"没错,小朋友,这就是狡辩。"三岛小姐抬头挺胸,毫不犹豫地笑着回答。

这场对话过后不到一个月,三岛小姐就死了。她当时为了替杂志拍照,夜间开车前往采访地点,在国道交叉口偏离了路中央,撞到路边的护栏。对于这场车祸,练习场内众说纷纭,有人说她是边开车边打瞌睡,有人说她是为了闪躲闯红灯的老妇人,也有人说她是因为发觉忘了带器材而慌慌张张地倒转。然而没有人知道事情的真相。

三岛小姐死后,苗场先生并没有任何变化。他仍旧像平常一样沉默寡言,每天都禁欲般地持续练习。听说他连三岛小姐的葬礼都没有参加。

过了半年左右,有一位摄影师向苗场先生毛遂自荐,想要当他的专属摄影师。我后来听说,苗场先生当场拒绝了这位摄影师:"不,很抱歉。"

"可是我听说你现在没有专属摄影师。"这名摄影师不知是非常大牌的老手还是备受瞩目的新星,总之他似乎没有料到自己会被拒绝,因此显得有些狼狈。

苗场先生听对方这么说,便很有礼貌地鞠了一个躬说:"不,我已经有一位专属摄影师了。"

"咦?可是……"摄影师慌慌张张地还想继续争辩,但苗场先生又重复了一次:"所以不用了。"他说完深深鞠躬,又说:"我一直都有专属摄影师,很抱歉。"

苗场先生就是这样的人。告诉我这段插曲的学长脸上露出钦佩的表情。

令人不可思议的是，苗场先生的外表让人联想到强硬坚固的钢铁，个性沉稳，带着冰冷的金属色调的气氛，但每次想起有关苗场先生的事情，却会让我感觉到仿佛被柔软的羊毛包覆般地温暖。

7

天色已经变暗了。街灯有一半没有亮，走在路上感觉有些提心吊胆。不过当我想起变得极度神经质、成天窝在房间里的父亲，以及筋疲力竭有如患失眠症、亡魂般的母亲时，就觉得回家面对那两人的不安似乎也和走在街上的恐惧差不了多少。

我走上斜坡。四周还真是安静。没有争执声，也听不到汽车引擎的声音。上个月，在我们那栋公寓里发生了笼城事件，还出动了警察，造成不小的骚动。但从另一个角度来看，除了这起事件之外，就没有发生过比较大的骚动了。无法忍受恐惧的人与个性暴躁的人已经从这世上减少了许多。

大约十分钟后，我才听到了声音。当时我正沿着"山丘城镇"弯曲的道路前进，避开弃置在路旁的车子，突然听到从右手边传来拉扯的声音，一开始像是两个男人在争执。当我停下脚步仔细一看，才发现似乎是一方的男子在乞求另一方。两人所在之处的近旁有一台掉入水沟里的休旅车。

"板垣！"我忍不住开口喊。两人都停下动作转头看我。

让我感到意外的是，卑屈乞求的一方竟然是板垣。他仍旧和小学时一样，身材高大，肩膀很宽，外表像一名橄榄球员。然而他现在却屈着高大的身躯，向面前的男子哀求。

"干什么？"板垣哀求的那个男人眯着眼睛看我。他长得很瘦，下巴尖尖的，戴着一副大眼镜。我虽然不知道他的名字，却记得这副长相，连忙在记忆中搜索，终于想起来了：他是小学时被板垣欺负的那个男生——当时小他们一届的我曾目睹板垣拳打脚踢、施以暴力的对象正是他。

我摇摇头，对眼前与当时完全相反的局面感到无法理解。原本欺负人的板垣现在却在向自己曾经欺负的对象求饶？

"我好像在哪儿见过你，你住在这附近吗？"戴眼镜的男人以下巴向我示意。他的口吻虽然并不霸道，却显得高高在上。

"是的。"

"那你应该知道，板垣以前常常欺负我。不过我现在是大人了，不会在意以前的事情。"他以讽刺的口吻说。

"喂，拜托啦，我都已经道歉了，原谅我吧。"板垣似乎完全无视我的存在，只顾着低头道歉。他的牙齿仍旧长得歪七扭八。

"怎么了？"

"你没听说方舟事件吗？"戴眼镜的男子不动声色——不，他稍稍抬起嘴角，似乎显得有些得意。

"方舟？"我迟疑片刻，才想起最近母亲说的话，"我不知道是真是假，不过听说有个像避难所的地方，只有被选中的人才能进入。"母亲曾以软弱而没有抑扬顿挫的声音这么说。我一开始还以为她是刚睡醒在说梦话。"谁会被选上？"我陪她说梦话，她便以不确定的口吻说："听说要抽签决定。"

"电影里虽然常有这样的情节，不过现实中不可能会发生这种事。"

"陨石撞上地球也是电影里常见的情节，不是吗？现实中什么事都有可能发生。"母亲无力地叹了一口气，望向父亲紧闭的房间门口。

"我老爸是负责抽签决定方舟人选的工作人员。"眼镜男噘着嘴巴，挺起胸膛说。

"真的吗？"

"你怀疑我？没关系，不信的家伙就去等死吧。"

"我相信！"板垣的模样令人心生怜悯。他拉扯着对方的衣袖说："拜托，让我抽中签吧。"

眼镜男甩开板垣，说："拜托我也没用，这是靠抽签决定的。"

"喂，拜托啦，我听说虽然表面上是抽签，其实可以暗中操控结果，对不对？一切都由你老爸作主，不是吗？"

"别乱说话。"

"要我做什么都可以，拜托，至少让我跟我妹抽中签吧。"

我听着两人的对话，心想："怎么可能会有这种事！"小行星接近地球的消息传出之后，发生过好几次类似的骚动，方舟和避难所的传闻也不是第一次听说。即使真的有类似的措施，大概也没办法照顾到远在仙台的居民，更不可能让一般平民担负抽签的大任。如果我是掌权者，一定会独断地挑选优秀的人才，暗中送进避难所里。抽签这种制度毫无意义可言。

根据我的猜测，这个眼镜男和他的父亲，甚至板垣，都只是想要借由避难所的话题来麻痹自己罢了。他们相信传闻，将道听途说的谣言作为心灵的寄托。有关避难所的传言本身便是精神上的避难所。一定是这样没错。

"怎样？你如果也对方舟有兴趣，我可以帮你问问看。"眼镜男故意转向我说。"怎么可以这样？是我在拜托你啊。"板垣几乎快哭出来了。

"不。"我摇摇头，"我不需要。"

"为什么？你不相信我吗？"

"我不需要。"我说完这句话，便迅速离开。我心中涌起不快、悲伤和恐惧等种种情绪。我脑中浮现人们为了拯救自己而争先恐后想要挤进方舟的情景。我感到害怕。再过三年，小行星就要撞上地球了。虽然现在时局逐渐恢复稳定，但是当"末日"逼近的时候，一定又会发生骚动。目前我虽然仍旧能够保持平静的态度，但到那时或许也会盲目地追求救赎，轻信没有根据的谣言。我或许也会慌张地高喊"救命，我不想死"。这个想法让我感到无比的恐惧。我逐渐加快脚步，一想到自己不知道会变成什么样子就想哭，一阵想呕吐的感觉袭来，迫使我弯下了腰。我连忙在脑中描绘苗场先生的背影，想起他握紧双拳、有如钢铁般美丽的站姿。他屹立不摇的坚强姿态让我稍稍感觉轻松一些。

8

我回到"山丘城镇"，上了公寓的六楼，心情仍旧沉重。一打开门，就闻到一股潮湿的气味。我们住的这套公寓位于整栋公寓中日照较少的区域，一年到头湿气都很重。当然，这和小行星带来的异常气象是毫无关系的。

我脱下鞋子，进了客厅。直到前不久，大门内侧还摆了根木棍当作门闩，避免暴徒闯入，但最近很少这么做了。这可以说是警戒心松懈的结果，也可以说是局势逐渐恢复安定的证明。"我回来了。"我说。

"你回来了。"在厨房面对锅子的母亲以没有情感起伏的声音答腔。

"我今天听乌冬面店的老头说，只要去海边就能钓到鱼了。虽然竞争率可能很高，不过我下次还是去试试看吧。"我的语气有些勉强地故作开朗，但她只是回了一声："哦，这样啊。"

"嗯，就是这样。"我像是自言自语般地回答。

晚餐虽然称不上豪华，不过母亲煮的白萝卜和芋头都很好吃，软到筷子可以轻易插下去的程度，甜味和辣味的比例也拿捏得恰到好处。我虽然刚吃过乌冬面,却觉得自己可以再吃上好几碗饭。我和母亲面对面坐在餐桌前默默地用餐,父亲仍旧如往常一般窝在自己的房间里。母亲通常都在我们两人吃完饭之后将饭菜送去父亲的房间。父亲偶尔会走出房间晃到餐桌前,但最后还是端着碗盘回到自己的房间。

没有对话,也没有表情,只是单调地用餐,让我感觉很难受。我的脑海中不禁浮现"枯燥无味"这个词。

今天并不算是特别不愉快的日子,和最近的生活相较也没有太大的差别。然而此刻我却感到格外地焦躁,原本早已戒掉的抖腿习惯又复发了。母亲看了一眼我晃动的右脚,但又立刻以毫不关心的视线移开。我感到焦躁不安,嘴巴里感觉有一股酸味。是因为我刚刚在回家的路上想起了三岛小姐?是因为我重新想起了关于死亡的问题?还是因为看到了板垣?看到他在面临世界末日之际失去自尊的模样,是不是让我担心自己会变得跟他一样?

这种情绪大概就像屋顶漏下来的雨水,一滴一滴地蓄积在我体内,终至溢满出来。导火线则是落下来的芋头。当我夹起那颗芋头的时候,它从我的筷子之间滑下,碰到我的胸口。当我缩起下巴时,它已经滚到地上了。

我拉开椅子,弯下腰想要捡起芋头。在这个姿势下,我突然脱口而出:"我受够了。"我站起身,重重地将筷子摔在桌上,餐具都弹了起来。母亲睁大眼睛,露出惊讶的表情,但仍旧没有太大的反应。

我转身走出客厅,大步在走廊上行走。我来到父亲房间门口,敲了敲门。"出来!"我说,这是我第一次用这种粗暴的口气对父亲说话,"不要躲了,出来!"

房间里没有响应,我继续敲门。"出来!不要躲了,快出来!"

当我终于放弃,回到客厅的时候,突然察觉到父亲正站在我的身后,连忙转身。

父亲双眼充血,头发斑白,整个人似乎瘦了一圈。他嘴巴周围的胡子上沾了不知是污垢还是食物残渣,看上去很脏。

"喂,你竟敢用这种语气对父亲说话?"父亲瞪大眼睛高声质问。他说话时口水都喷出来了,腐臭味刺入我的鼻腔。"你以为你很了不起吗?"

"原来你还敢走出房间嘛。"我从正面盯着瘦小的父亲。

"你这是什么口气!"

"关在房间里能改变什么?难道陨石会消失吗?别逃避了。"

"你不会了解我的心情!"父亲吼出的句子听起来都是典型的陈腔滥调。母亲仍旧坐在餐桌前,看着我们两人。她并没有要来劝阻的意思,只是全身散发着倦怠的气息。

"只剩三年了。"我比出三根指头,"反正再怎么样,都只剩三年了,难道你不想安宁地过日子吗?"

"世界都要毁灭了,怎么可能过安宁的日子?"

"我说的不是世界,是我们这个家。即使无法改变世界,我们还是可以在家里过着安宁的生活,不是吗?身为父亲,你难道不会想想办法吗?"

"你什么都不懂,还敢口出狂言!"

父亲握紧拳头,挥舞着手臂。我弯起手肘做出防御的姿势,以前臂外侧挡住父亲的拳头。这一拳很轻,一点都不痛,甚至听不到击打声。我沉着脸,继续以手臂防御攻击。

我想起五年前父亲西装笔挺、头发梳理整齐、提着去国外出差时购买的高级公文包准备去上班的样子。那个男人到底跑到哪里去了,老爸?眼前这个近乎发狂地对我发动攻击的男人,真的和他是同一个人吗?把原来那个男人还给我,老爸!

我心中很不甘。

"住手吧!"母亲终于站起来了,但我无法判断她是在对我说还是对父亲说。

父亲喘着气,停下动作。我以为他的攻击结束了,但他立刻又发出野兽般的怪声,抓起闹钟朝我砸过来。

我反射性地将身体往旁边闪开,接着将重心放在左脚,抬起右脚瞄准父亲的小腿踢过去。我踢中父亲左脚的小腿,脚背感到一阵冲击。与此同时父亲发出惨痛的叫声,身体开始倾斜。

我来不及思考,又迅速使出高踢。这是练习时重复过无数次的连续动作。我"哼"地吐了一口气,扭转身体,右脚朝着父亲的面部踢过去。

然而就在这个瞬间,不知为何我突然想起苗场先生的话。

"喂,我能原谅这样的我吗?"

我的脚停在半空中，差一点就要踢中父亲的面部。

9

我冲出家门，母亲在我身后叫住我。不，我只是依稀听到她的声音，所以不确定她是在叫住我还是在咒骂我。以我的期望，她应该会对我说"这么晚了，外面很危险，不要出去"吧。我没有回头，往电梯直奔。

走夜路的恐惧感和无从发泄的怒气与焦躁驱使着我不停地奔跑。我感觉呼吸急促，脚也很酸。我途中停了一次，在路中央呕吐，但随即又继续跑，当我回过神时已经来到了拳馆的练习场。我喘着气，拿袖子擦了擦嘴巴，站在入口前。熄灯的建筑看起来仿佛已经入睡。我伸手想要推开门进入练习场内，门却上了锁。我只好绕到建筑后方。后门平常是紧闭的，但我从以前就常听说有练习生晚上从后门潜入。会长很讨厌别人偷偷摸摸做事，只要发现有人从后门进入就会痛骂一顿，但他现在应该不至于把我赶走吧。这是我第一次走后门。我——搬开门前堆置的旧冰箱和健身器材。门板已经发霉并弯曲了，感觉好像用力一拉，门把就会掉下来。不过我还是顺利地打开了门。

我拎着鞋子走进去，到了大门旁边，把鞋子放入鞋柜，像平常一样对着练习场鞠躬说："请多多指教。"打开灯，看到镜子中映出自己的身影，我感到有些惊讶。

好可怕的脸。

我的双眼充血,青春痘变得红肿,头发乱七八糟,更糟糕的是,整个人看起来非常阴郁。连我自己都不得不承认,这是一张阴郁而憎恨的脸孔。我不知道自己在憎恨什么,只知道自己在憎恨某个对象。

做完伸展操之后,我开始跳绳。我拼命地跳绳,想要忘记父亲打过来的拳头和自己踢出去的脚,却无法平息焦躁。我连忙开始打沙包,屏住呼吸连续出拳。拳头打出去的声音、沙包晃动的摩擦声和皮肤上的汗水——这些的确让我感觉舒服了一点。但只要一停下来,脑中又会涌现黑色的思绪,就像从割伤的伤口流出的血液,即使擦干净了,过了一阵子又会涌出鲜血。不管怎么擦,都会固执地再度溢出。

大约三十分钟之后,我终于在地上躺成大字形。这是我第一次这样躺在地上。我看着天花板,积满灰尘的管线彼此重叠。也看得到换气风扇。身体配合着我的呼吸上下起伏。

苗场先生为什么能够那么冷静?

过了片刻,我脑中忽然浮现这样的疑问。世界末日即将来临,他却和五年前一样,以超然的态度投入练习。明明没有比赛,却依旧和会长共同拟定对策,认真地进行准备。他到底是怎么想的?虽然有些失礼,但我不禁怀疑苗场先生是不是笨蛋。当然,我知道这种想法真的很失礼。

我走到练习场后方的更衣室。这里弥漫着尘埃与汗水交织成的独特气味。五年前，拳馆里有很多仰慕苗场先生之名而来的练习生，更衣室里也挤满了人，置物柜根本不足以供这么多人使用，拥挤的情形甚至比澡堂的更衣间还严重。更衣室内摆了不少柜子，大家便把书包和衣服丢到篮子里，找空位堆上去。现在这里虽然空荡荡的，但还是可以看到练习生们留下来的外套、拳套和毛巾等用品。

进入更衣室之后，我很自然地走到左手边的柜子前面。那里是和我很要好的那位学长放置私人用品的地方。我现在才发现那里放了一个皱巴巴的纸袋。纸袋已经又脏又破，看起来就像没人要的垃圾，因此我从来没有想过要窥视袋子里装的是什么。然而此刻我不知为何突然感到好奇，拿起纸袋将袋口朝下。袋子里的纸张纷纷掉落在地上。

看到地上的纸张，我感到有些讶异，却又觉得可以理解——这些全都是有关苗场先生的采访报道，大概是学长从报章杂志上找来的。我连忙蹲下来收拾这些剪报。

照片中的苗场先生，每一张看起来眼神都相当锐利。他的表情不是在演戏，双眼中透露的是内心的信念。我把这些照片一张一张叠好，想把它们重新放回纸袋里，这时我注意到其中一张剪报，那是他和某个电影明星的对谈。那位明星以多话著称，和沉默寡言的苗场先生刚好形成对比，两人的对话不太能够合拍，读起来就像是对白迷人的喜剧般有趣。我蹲在地上读完全篇对谈。

"苗场，如果有人跟你说你明天就要死了，你会怎么办？"明星突如其来地问了这么一句话。

"没什么改变。"苗场先生的回答很简短。

"没什么改变?你打算做什么?"

"我会的只有下段踢和左勾拳而已。"

"那是指练习吧?难不成即使你明天就要死了,也要做这种事情?"明星似乎觉得很可笑。

"如果明天就要死了,难道你会因此改变现在的活法吗?"从字面上虽然看不出说话的语气,但苗场先生的说话方式想必是很谨慎的。"你现在的活法到底是打算活到多少岁的活法?"

我闭上眼睛,花一些时间让自己的心情平静下来。原本冲动而激昂的情绪逐渐缓和下来。苗场先生在对谈的最后说了一句:"我只能继续做我能做的事情。"我在心中反刍着这句话,并点了点头。

从学长的纸袋中掉出来的,除了剪报还有照片。这是一张大幅的黑白照片,从光线和气氛可以看出是三岛小姐的作品。

照片中的苗场先生正在慢跑。他在深夜的公园里一个人默默地慢跑,构图虽然平淡无奇,却完美地捕捉了周围静寂的气氛以及苗场先生身上散发出来的如蒸汽般的热度。我觉得好帅,也再次想起"继续做我能做的事情"这句话。苗场先生沉默寡言,不善取巧,只是埋头做他能做的事情。除此之外,还能怎样?他跑步的身影似乎在这么问。

我不知不觉地流下眼泪,抱着照片缓缓躺在地上,就这样睡着了。

10

我醒来时，听到外头传来了声音。或者相反地，我是听到了声音才醒来的。总之，当钟声响起，我也起来了。被我拿来当枕头的是别人留下来的鞋子。我发觉之后不禁觉得好脏，把鞋子丢到一边。照片和剪报都不见了，我站起来，看到纸袋仍旧好端端地放在架上。昨天检视纸袋内容的记忆也许只是一场梦，但我已经无心再一次确认纸袋里的内容。

我走出更衣室，看到苗场先生已经在擂台旁边开始跳绳了。我看看时钟，时间是下午两点多。我为自己的贪睡而感到羞愧，却也觉得此刻脑筋清爽多了。虽然不能称得上是百分之百地清醒，原先痛苦和沉重感却已经消失了。我可以很冷静地想起父亲和母亲的脸孔。接着我也唐突地想到：是否应该原谅失去活力的双亲？但我立刻打消这个念头。

我只能做我能做的事情。

钟声响起，苗场先生停止跳绳。坐在入口旁的会长缓缓地站起来，开始活动筋骨。

"早安。"我走过去打招呼。会长只回了一声"哦"，没有提起我昨晚擅自闯入练习场睡觉的事情。

会长双手戴上拳套，看着镜子检查自己的动作。钟声响了，我开始跳绳。

啪。我听到背后传来击在皮革上的激烈声响。啪、啪。苗场先生正以会长的拳套为目标进行练习。

这个声音听起来令人感觉舒畅。下一个钟声响了，我转向镜子，举起拳头摆出对战架势。

"喂，你要不要和苗场比比看？"这时会长在我背后说。我惊讶地转头。"什么？"

苗场先生手叉在腰上，以锐利的目光交互审视着会长和我。

"来一场练习赛吧。"会长愉悦地用挑衅的口吻说话。

"啊？"

"我很强的。"苗场先生盯着我，张开嘴巴说出这句话，紧绷的肌肉也随着呼吸牵动，虽然沉静，却相当具有威严。他的体格明明跟我相似，看起来却庞大许多。

"我也不会输。"我吞了一口口水，回答他。这是我第一次和苗场先生对话。

"不可能。"苗场先生简短地说。不过，总有一天——我小声地念诵。

天体夜晚

1

出现在我眼前的,是二宫的脸。大学毕业之后,我就没跟他见过面了,因此我看到的是他大学时代——也就是二十年前——的模样。他的肌肤光泽而白皙,看起来既像幼童,又像中年人。我常常指责他,因为他总是摆出一张臭脸,才会被大家敬而远之。他听了便摸摸眼镜反驳:"矢部,就是因为你老是直言不讳地揭别人的短,所以才会被人讨厌吧?""我是看你一个人吃饭很可怜,才特地来陪你的。"我这样回他,他却从不在意。

"起初会发洪水?"我在大学校园内的餐厅问他。听说学校餐厅大约十年前曾改装一新,但此刻浮现在我眼前的是旧时的餐厅。

"不对,是震波。"二宫伸指揉了揉眼镜挂在鼻梁上的部位,"你应该看过核武器实验之类的影片吧?也就是叫做冲击波的那东西,它会先破坏周围一带的环境。巨大的物体如果以高速冲撞,就会产生极大的能量。那一定会是超乎想象的大地震,整个地面都在摇动。"

虽然我也是理学院出身,但天文学对我而言简直就像是异世界。

"直径大约多少?"

"直径十公里的小行星。秒速的话,大概是二十公里吧?"

直径十公里,秒速二十公里——即使听到了具体的数字,仍感觉难以想象。如果真有那么巨大的岩石掉下来,的确是很恐怖的一件事,但应该不至于令整个世界毁灭吧?砰!掉下来之后,那一带当然会被压扁,不过在我的想法里,影响范围应该只局限于坠落之地才对。

"震波之后,才是洪水。地表的一大半都将是海水,所以小行星十之八九会掉到海里。这样一来就会造成海啸。"

"掉下来的小行星会变得怎样?"

"小行星会被撞得粉碎,这些碎片又会反弹回空中,然后像霰弹枪子弹般打下来,或是飘浮在空气中遮住阳光。"

"那就是因为陨石撞击造成的核子冬天吧?"这点常识我倒也知道。

"没错。气温下降,植物死光,动物也会受到影响。"

"也就是说,恐龙就是这样灭绝的啰?"

对了，我那时是在问二宫关于恐龙的事情。

"不过这个理论有证据支持吗？每次听科学家说小行星撞上地球，感觉都好像是在骗人。"

"一九七八年，在墨西哥的犹加敦半岛发现直径一百八十公里、深达九百米的陨石坑。"

"那还真大。"几乎等于从仙台到福岛县南端的距离。

"在那周围检测到许多铱元素，地表也有洪水的痕迹。"

"铱元素是什么东西？"

"那是陨石中的常见物质。也就是说，六千五百万年前造成恐龙灭绝的小行星很有可能就是掉在那里。虽然这只是间接证据。"

"原来是间接证据。"我还是不太能够想象那样的状况，半信半疑地回应之后，又问了稍微切实的问题："我们会不会也碰到同样的状况？小行星有可能再度掉下来吧？"

"大概一亿年才会碰到一次。"

"这么久？小行星这种东西很少吗？"

"有几万颗，可是这些小行星的运行轨道目前几乎都已经确定了，今后几千年之内不太可能接近地球。"

那也挺无聊的——我有些任性地想。接着我想起当时刚读过的新闻，便锲而不舍地继续问："我上次看到一篇新闻报道说，最近三十年之内，小行星冲撞地球的概率是三百分之一。"

"那种报道啊——"二宫有些不耐烦地开口。这时他的脸突然往旁边倾斜，轮廓也逐渐崩解，让我不禁吃了一惊。眼前二宫的影像变得有如摇晃的积水。我摇摇头。这果然不是现实,而是自脑海中涌现的记忆。与此同时,我坠落了。我感觉内脏仿佛飘了起来,身体摇晃了一下,耳中听到沉重的声响。我花了好长一段时间,才发觉到自己四脚朝天跌在地上。

过了一阵子,我才意识到自己是在公寓的客厅里。作为脚踏板的椅子倒在一旁,挂在天花板上的绳索已经断掉,在我头顶上方摇晃着。原本勒在绳索上的脖子感觉一阵阵疼痛。

2

我站了起来,想要再次吊上绳索。这时我突然想起数年前自己常对公司员工说的话:"机会已经够少了,怎么可以白白错失?你们拼死拼活也得把机会逮住!"

我忘记自己是在什么样的情况下说那句话的,大概是在斥责业务员的时候吧。我们是一家小公司,必须多少采取强硬一点的作风才行——我总是这样怒声告诉员工。

"如果你老是发脾气,员工迟早会跑光的。"我听到五年前过世的妻子以开朗的声音说。我甚至能看到她坐在餐桌前面、单肘撑在桌上、眼角挤出皱纹的模样。

"不管我发不发脾气,那些人知道小行星要掉下来,还不照样全都跑光了!"我内心这样回答,千鹤的身影便消失了。

眼镜掉落在我的脚边。那是一副老花眼镜。我虽然已经过了四十岁，但还没到戴老花眼镜的年纪。那副眼镜是过世多年的父亲遗留下来的，原本放在柜子里，大概是因为我刚刚摔在地上造成的冲击使它掉出来了吧。

电话响了，我的身体颤抖了一下。光是电话还能正常接通这一点就让我感到惊讶。之前我即使将电话的听筒紧贴在耳朵上，也只能听到"通话中"的声音一再反复。对了，五年前妻子过世的时候，甚至连这样的铃声都听不到。大概是后来又恢复了通讯。

"请问是矢部先生家吗？"打电话来的是一名男子。我好久没有听到其他人的声音了。五年前，当世界只剩下八年的消息公布之后，耳中听到的尽是逃亡者的惨叫声或咒骂声、哭声或争执声，再不然就是自己的呜咽声，因此听到对方悠闲的说话，让我感觉颇为新鲜。

我以正坐的姿势面对电话机，犹豫着该怎么回答。对方继续问道："你是矢部吧？"

"啊？"

"太好了。我翻出同学会的名册才找到你的电话号码，原本担心没办法接通。"

从这种温吞的说话方式很难判定对方的态度，不过接下来听到他用亲昵的口吻说"矢部，我好像发现了"的时候，我终于想起来了。"你是二宫？"

"对呀，你猜对了。我跟你说，我好像发现新的小行星了。"

"你还活着？"

"你这说法还真是过分。"二宫虽然这么回答,但我的问话并不是在开玩笑。在这样的时局之下,能够活着已经很了不起了。我低头看着自己的手,决定在再度尝试自杀之前先去见见二宫。

3

二宫住在仙台市西郊,搭乘电车只有几站路,不过我是开车过去的。不久之前还很难想象能够像现在这样安全地在路上开车。虽然不明白其中的原由,但治安很明显地已经好转。

我前往的区域虽然也是住宅区,但房子并不多。

二宫在国道旁早已关闭的加油站空地上等我。我让他坐在前座,照着他的指示左弯右拐前往他的住处。睽违二十年的重逢并没有太戏剧化的场面。

"今天真是一连串的惊奇。"我对坐在旁边的二宫说。

"是吗?"

"首先,我没想到车子竟然还能发动。我一直把它扔在停车场,车子的引擎盖都凹下去了,可是我一转动钥匙,引擎就发动了。我也很讶异汽油没有被人抽走,更惊讶的是我还记得怎么开车。我已经五年没开车了,原来这种事情没有那么容易忘记。"

"驾驶汽车属于程序记忆的一种。"他以一副理所当然的口吻说。

"真令人怀念。"我笑着说。

"什么东西令人怀念？"

"你的说话方式。"二宫总是以这种毫无抑扬顿挫的口吻显摆自己的知识，引来周遭的反感。我的朋友就常向我抱怨，二宫的说话方式好像很瞧不起人。

"是吗？"二宫臭着一张脸说，"你五年前最后一次开车，是在世界末日消息刚出现的时候吗？"

"嗯，没错。"我点点头，"我想要载着千鹤逃到安全的地方。"

"哪里是安全的地方？"他用嘲讽的眼神看着我，"对了，千鹤还好吗？"

我不想回答他第二个问题，只说："当时我开车离开公寓之后，就陷入严重的交通堵塞，到最后无论是向前还是向后都动弹不得，整整花了两天才好不容易回到原来的公寓。那些人不知道都打算逃到哪里去。"

"还有让你惊讶的其他事情吗？"

"还有啊，"我边转动方向盘边瞥了二宫一眼，"你怎么完全没变？看起来和二十年前一模一样。"

"矢部，你倒是苍老了很多。"

我感觉仿佛被人突如其来地戳了一下肚子，不禁苦笑。"都过了二十年了，像你这样完全没变才比较奇怪吧？"

"你的眉头刻了皱纹，黑眼圈也很严重，矢部，你一定吃了不少苦吧？你的眼神简直就像杀人凶手。"

"你见过杀人凶手吗？"我本来想这么问，但还是住口了，即使看过也没什么好稀奇的。"你的说话方式还是让人很火大。"

"我只会这样说话。"他道歉的声音听起来就像提款机在说"很抱歉，请重新操作"，语调中毫无情感起伏。这一点也和以前完全一样。

我照着二宫的指示，一会儿左转，一会儿右转。这一带没有高大的建筑，视野相当良好。虽然转动方向盘并没有问题，但踩油门和煞车的力道却比较难以拿捏，有好几次都会往前俯冲。

"这一带的人口也减少了许多吧？"我看了看四周。这个住宅区的房子多半是独栋建筑，屋子与屋子之间隔得很开。这些屋子不像是有人居住的样子，窗玻璃仍旧是破的，还有些屋子的停车场屋顶都倒塌了。

"应该吧。我对此不太感兴趣，所以也不太清楚。"

"你跟以前一样，对星星比对人类更感兴趣。"

"没错。"

"真是个天文宅男。"我这样批评，二宫也只是笑笑。这时我才发觉，我在二十年前大概也说过同样的话。虽然记忆已经模糊，但一定没错。

4

二宫的家非常安静，虽然开了暖气，但仍旧给人寒冷的印象，大概是受到室内寂寥气氛的影响。他带我到和室，当我将脚放入暖桌底下时,看到房间一角的柜子里摆放着一对老夫妇的照片,那想必就是二宫的双亲吧。我立刻理解,他的双亲应该已经不在了。这个"不在"就和我的妻子已经不在人世是同样的意思。

"就是这个。"二宫从后面的房间里拿出一张照片,放在桌上。同时,他递了杯子过来,里头盛的是绿茶,散发着稳重而令人安心的香气,"这是我前天拍的。"

照片拍下的是在夜空中发光的星星,大约A4纸张大小,黑色的背景上有好几个白点。

"你要我称赞你拍得很漂亮吗?"

"不是啦,你看这里。"二宫臭着脸,指着照片中心的白点。那里并列着两颗星星。

"这是什么?"

"你该不会忘记了吧?以前在学校的时候,我不是教过你如何辨别小行星吗?那是在我们去过天文台之后的事情。"

"你教过我?"我完全不记得了。

"你果然没有好好听进去,亏我解释得那么仔细!那是在学校餐厅,我还教你怎么自制望远镜,可是你一定也忘记了。当时你还装出一副很佩服的样子。"

我相信也许真有那么一回事,却不想刻意去回想。在学校念书的时候,我常主动找没朋友的二宫说话,但其中的动机一半是因为很闲,一半是出自同情,因此并不记得谈话的内容。

"二宫大概也没有特别想要交朋友吧?"当时千鹤曾经这么说,

"像你这样以施舍的心态去当他的朋友,感觉很瞧不起人,有点惹人厌。"

"不过啊,看到二宫,的确会让我觉得自己属于胜组。我至少比他厉害一些。"

"胜组这个说法听起来很没品,感觉满惹人厌的。"我记得千鹤好像这样指责过我。

"真拿你没办法。"二宫喃喃抱怨,开始拿着照片说明。照他的说法,这张照片是间隔一定时间、拍了两次的结果。上面的星星的确也都呈现双重影像。"画面上有纵向移动的痕迹。"我察觉到这一点。每一颗星星看起来都有纵向的双重影像。

"没错。第二次曝光的时候,我把望远镜稍微往纵向移动。"他说完,又滔滔不绝地说明这样比较容易找出移动的天体,我却听不太懂。二宫只要谈到自己熟悉的话题就会变得特别多话,这一点也和以前一样。

"你看这里。只有这颗星星往横向移动。"

我凑近照片看向他所指的位置。原来如此——我点了点头。其他星星的双重影像都是纵向移动,只有这颗白点是斜向移动的。"也就是说,这是一颗正在移动的星星。它是一颗小行星。"

"那又怎样?"

"那又怎样?矢部,你真是迟钝。"

学生时代暗地里被人嘲笑为迟钝的明明是他,我可不希望被他批评——虽然这么想，但我还是凑近照片问："可是即使这颗移动的星星是小行星，你怎么知道它是一颗新发现的星星？"

"凭直觉。"二宫理所当然地回答。

"这是什么歪理？"

"其实多半很容易判别。因为在天空的这个位置，以前并没有过这么明亮的小行星。"

"这样就能被承认是新发现的小行星吗？"

"当然不行。我会把这里的坐标、大致的亮度和大小记录下来，联络史密森尼①，确认是不是已经被人发现过的小行星。"

"史密森尼是什么东西？"我开口问了之后，依稀记起好像有一座天文台叫这个名字，"那里还在继续营运吗？"

"营运？什么意思？"

"我是指那些天文台，还有整个天文学界。小行星要掉下来了，首先会被追究责任的应该就是那些机构吧？"我之前从没有想过这个问题，但现在仔细想想，觉得只有这个答案了。当全世界都处于小行星冲撞的恐惧阴影中时，世人最需要也最憎恨的应该就是天文学界。"再过三年，小行星就要撞上地球了，大家一定会抱怨天文学家为什么没有更早地发现这项事实。我当初也是听你说小行星不会掉下来才安心的。对了，说到这一点——"我想到一个小时之前在家上吊之际恢复的记忆，"以前报纸上不是登过一

---

① 全世界最优秀的科学、艺术和人文研究中心，总部位于美国华盛顿特区。

篇报道，说是在最近三十年之内有三百分之一的概率会有小行星撞上地球吗？那时候你不是说不可能撞上来？"

"嗯，我的确说过。"

"三年后要跟地球冲撞的不就是当时提到的那颗小行星吗？"

"不是，完全不一样。"二宫俨然一副专家的样子，回答方式相当沉稳，"基本上，我当时也跟你说明过，三百分之一的概率这种说法根本就有问题。什么东西是三百分之一？没有人了解这项概率背后的含意。这种数字根本没有意义。"

"应该说，如果有三百颗小行星，其中有一颗就会撞上来吧？"

"矢部，你是认真的吗？如果有三百颗小行星，就会有一颗撞上来？这是什么意思？"

"新闻不是也这样报道吗？"

"如果新闻报道的内容都可信，那么我也没什么好说的了。"二宫的声调和二十年前一模一样。接着他又抱怨："我当时不是也跟你解释过了吗？"我听到他这么说，仿佛又穿越时空来到二十年前的大学餐厅。我坐在二宫对面，桌上的廉价餐盘里盛着鲑鱼和味噌汤。对了，当时他的确跟我解释过这一点。

"那种关于小行星冲撞地球的新闻——"他的声调抬得很高，我无从判断这是超过四十岁的现在的二宫还是学生时代的他，只听到他接着说："——只不过是在煽动而已。"

"煽动？煽动谁？"我问。

"每个人。科学家都想获得研究经费,不是吗?无论是谁,都希望替自己的研究争取经费补助。你知道什么样的研究容易筹到经费吗?"

"应该是有意义的研究吧?"

"矢部,你是认真的吗?"

"嗯。"

"有意义的研究通常都不太起眼,也很无聊。"

"是吗?"

"经费这种东西,通常都会瞩目在有趣或看似有用的研究上,而不是有意义的研究。"

"'看似有用'和'有意义'不就是同一个意思吗?"

"矢部,你是认真的吗?"他又重复这句话,"这两种东西完全不一样。有用和看似有用是不同的东西,就像伟人和看似伟大的人是截然不同的。既然只要看似有用就行了,科学家就会动不动地煽动危机意识。只要提出地球可能灭亡的理论,大家就会希望他们尽量研究。所以每到申请经费的周期,就会看到诸如小行星冲撞地球之类的新闻,屡试不爽。三百分之一这种莫名其妙的数字也是被拿来吓唬人,以便获得补助。"

"这样啊。"

"就像军队或谍报机关动不动就喜欢高喊'危险'一样。这些机构都是借由煽动危机意识来获得经费补助的。"

"可是三年后小行星的确会撞上来，不是吗？"现实中的我继续诘问现实中的二宫，"五年前骚动刚刚开始的时候，我也安慰过紧张不安的千鹤说'别担心，二宫说过小行星绝对不会掉下来'，也很肯定地对自己公司的员工说'小行星绝对不会冲撞地球'。真是，害得我像白痴一样，到头来它还不是照样撞上来！"

"对了，千鹤还好吗？"

"喂，告诉我，二宫天文博士，你该不会到现在还认为小行星不会冲撞地球吧？"

"我现在是半信半疑。"二宫歪着头说，"不过我相信的确有一颗小行星在逐渐接近地球。"

"你以前不是说过，大部分小行星的轨道都已经确定了？还说没有一颗会撞上来。"我越说越觉得自己被二宫欺骗了，情不自禁地抬高音调。

"可能是轨道改变，又或是计算轨道的公式本身有问题。"

"喂，你是说真的吗？"

"我也不相信会发生这种事。不过科学家的确有可能太过相信计算机计算的轨道了。过分仰赖数据和计算的结果，就是轻忽了观测的重要性。观测几次之后，接下来的轨道就交给计算器来决定，所以才会延迟发现现实中轨道的变化——这种情况倒是有可能发生。不过我还是觉得，小行星冲撞地球这种事是没有办法在八年前就断定的。小行星的移动会因为很小的因素而改变，没有人能断言数年后的情况。"

"可是五年前发表的结果却是事实。"

"我是这样想的——"二宫摸摸眼镜的镜框,"小行星冲撞地球这个新闻,一开始只是媒体过于莽撞地夸大的报道。虽然不知道是故意还是失误,总之就是有人在煽动世人,而不知道为什么受到煽动的世界都把这个消息当真。"

"当真了又怎么样?"

"因为大家都当真了,这个传闻才会变成事实。"

"别傻了。"找嘲笑他的说法,"小行星的轨道怎么可能因为人们的想法而改变?我倒想问问你,二宫,你是认真的吗?"

"我只能这么想。"

二宫没有继续发表意见,只是看着自家的庭院。我也跟着他将视线移到户外,但没有看到任何东西。接着我才想到,或许庭院中曾发生过某件事。

二宫仍旧臭着一张脸说:"你看,那里有两台望远镜。"

"嗯。"院子的栅栏附近设置着两台大型天文望远镜。二宫大概就是透过这两台望远镜发现了新的小行星。

"比较大的那台,口径为二十六厘米,比较小的是口径十五厘米的反射式望远镜。"他以惯常的口吻说完之后,又说:"大概四年前吧,我爸妈在看望远镜的时候,突然被人拿球棒打死了。"

"为什么?"

这种事情是没有理由的,二宫以冷淡的眼神回答。没错——我差点也这么回答。"或许是因为小行星要冲撞地球了,竟然还有人悠闲地在看星星,让那个人感觉很不爽快吧?"他喃喃地说,"总之,他们两个人的人生就在一瞬之间结束了。"

"杀人凶手死了吗?"这是我第一个想到的问题。以眼还眼,既然被人杀了,就应该反过来杀死对方。虽然有些偏激,却是我老实的想法。

"不知道。我呆呆站在那里,于是凶手跑掉了。后来我把他们埋在院子里。"

大门的门铃响了。我们两个面面相觑。"末日的访客?"二宫歪着头说了声"请等一下",走向大门。途中他似乎想起了什么,停下来对我说:"不管小行星会不会坠落,这个世界都会灭亡。"他耸耸肩,"我只能说,这是因为大家都把这个消息当真了。"

5

我独自坐在暖桌前看着星星的照片,深锁的记忆仿佛突然获得解放,我不知何时已经坐在黑暗、寒冷而空旷的停车场。也就是说,我又在追溯从前的记忆了。地点是山形县藏王山麓一家居酒屋的停车场。地上铺了席子,坐在我身旁的是千鹤。二宫正在操作望远镜,他旁边的女生露出百无聊赖的表情,我不记得她的脸和名字了,只知道她是网球社的学妹。

我想起来了,当时有一颗几万年来首度接近地球的彗星,我们正是去那里观测彗星。是谁提议的呢?

可能是千鹤听了二宫的说明之后硬拉着大家一起去看，也可能是二宫难得地主动邀请我。不，也可能是我闲着没事做，看到独自走在校园里的二宫，出于傲慢的同情心，开口对他说：喂，也让我去看看星星吧——虽然我内心一点兴趣都没有。

"没想到来看星星的人还真不少。"千鹤四处张望。正如她所说的，当我们傍晚五点来到这里的时候，已经有好几组人早已架好望远镜，并搭起帐篷。随着夜晚来临，人数逐渐增多。

"那当然了，两万年才能见到一次的彗星，不感兴趣才奇怪。"原本在看望远镜的二宫抬起头来回答。

"我倒觉得非假日的晚上特地冒着寒风来看星星才奇怪。"

"我也觉得。"想不起名字的学妹臭着一张脸说。我知道她很想说"我们还是回去吧"。她虽然一口答应要跟来，但是看到我介绍的朋友二宫是个既不起眼又不懂得察言观色的男人，再加上秋天的夜晚相当寒冷，活动又很无聊，她一定很受不了吧。

"对了，二宫，你知道爱神吗？"我毫无头绪地以故作开朗的声音高喊，大概是为了设法提振学妹的心情。

"爱神？你在说什么啊？"学妹笑了。千鹤皱起眉头，似乎是在指责我又在乱说话。

"我知道。"二宫露出理所当然的表情，缩起了下巴，"那是一颗直径二十二公里的小行星。在二十世纪九十年代，有人说它会在一百一十四万年之后冲撞地球。"

"那不是很恐怖吗？"学妹不满地说。

"可是实际上应该不会相撞吧？"

对了，那时候我们也是在讨论小行星的话题。

"恐怕不会。基本上，宇宙是很大的。"二宫似乎因我们的无知而感到生气。

"对了，二宫，小行星的名字是怎么取的？"这时千鹤开口问。

二宫有些得意地回答："发现者拥有命名的权利。一开始好像都是以希腊神明的名字命名，但是神明的数量有限，所以后来就由发现者自由命名。"

"像海尔·博普彗星就是这样取名的吗？"

"彗星和小行星是不一样的。彗星只是单纯地以发现者的名字命名，比如这颗彗星就是海尔和博普两个人发现的。"

"可是我真搞不懂怎么会取爱神这么俗气的名字。"我这么说，学妹也点头同意。不过千鹤却很冷静地回答："爱神也是神明的名字吧？"她无奈地摇摇头。

"你们都不看星星吗？"二宫指着望远镜问。千鹤立刻举手，说："我要看！"人类世界会被爱神毁灭——我开玩笑地大声说，却只有学妹觉得好笑。

"好像是某种奇怪的推销。"二宫从门口回来，在暖桌前坐下，有些纳闷地撅起嘴巴。

我的思绪从往事回到现实。"推销？"

"问我要不要搭乘方舟。"

"原来是方舟啊。"我一听到这个词就约略猜到访客的用意,"是不是说要选拔躲到避难所的人员之类的?"我之前在公寓附近也曾经碰到过类似的推销。"这个话题好像很热门,谣言也传得很快。在我家附近还有人为此起了争执,造成了挺严重的事件。"

"事件?"

"有个年轻人因为能不能搭上方舟起了争执,被人刺了一刀。"

"看来方舟也没办法拯救人类。"二宫噘起下嘴唇说,"我说我没兴趣,对方就生气地回去了。其实大家都只是在逃避现实。这些人并不是为了逐利,而是真的相信有方舟,并积极去竞争搭乘方舟的人选,借此来忘记小行星事件。即使能够避难又如何?没有人会去想接下来该怎么办。这只是逃过一时而已。诺亚的方舟是应付洪水的,跟这回的灾难性质不一样。这次是连恐龙都会灭绝的灾难,他们到底打算在地底躲几年?"

"对了。"我又挖掘出从前的记忆,"以前不是有一个在火星建造人类居住之所的计划吗?"

"哦,对呀。"

"那个计划现在不知道怎么样了。"

"嗯。"二宫似乎不太关心这个话题,"像这种话题性很高、看似有用的研究,的确容易受到瞩目。"

"又来了。不过这个研究主题应该还不坏吧?"我老实说出自己的感想,"地球环境如果不行了,还可以住到火星上。搞不好现在就有人为了躲避小行星而移居到火星。"

"喂,"二宫露出无奈的表情,"人类如果连地球环境都无法适应,怎么可能适应火星环境?"接着他吐出舌头,仿佛吃到辛辣的食物,"为了延长生命做到那种地步,有什么意义?"

的确——我点点头。他的说法的确有理。我将茶杯里的茶一饮而尽。"话说回来,你今天为什么把我找到这里来?"

"我不是说过了吗?"二宫不高兴地说,并指了指照片,"因为我发现了小行星,想向你炫耀一下。"

"真的只是这样?"

"只是这样?你这是什么意思?发现小行星是一件很了不起的事,你难道不知道吗?"

"我知道了,恭喜你。不过你要怎么证明这真的是新发现的小行星呢?"

"严格说来,只凭一次的观测还不够。"二宫搔搔头,显得有些不太甘心,"连络史密森尼的渠道现在也出了问题,要获得正式承认大概很难吧。"

那不就没有意义了——我本来想这样回答,他却抢先一步开口说:"不过啊,这是一项新发现。虽然无法证明,但是我敢肯定,它一定是新发现的小行星。"

"这样啊。"要怎么想,是他的自由。

"我特地把这项发现跟你分享,你应该感谢我才对。"

"那你也应该感谢我特地跑来聆听你这项新发现吧?"

哪有这种道理——二宫显得很不服气。但过了一会儿,他又想到另一个主意:"难得有这个机会,要不要去大学看看?"

6

我们开车朝大学方向前进。从二宫的住处沿着国道往仙台市区行驶,途中会经过一条很长的山洞。出了山洞之后,弯曲的道路便通往青叶山,我们的大学校园就在青叶山境内,单程只需三十分钟车程。

"几年前,那条山洞里听说发生过惨烈的事故。"二宫以大拇指比了比刚刚经过的山洞。

"惨烈?"

"山洞里因为出现严重的交通堵塞,车子没办法前进或后退,连走路的空间都没有。"

"于是就发生了口角、打斗或抢劫。"

"你知道?"

"到处都有这样的事故。"我回答他,"不过最近好像突然变得平静许多。你不觉得吗?刚刚的山洞里既没有车子,也没有人攻击我们。"被遗弃的废车全都移到路旁,计道路可以畅通。

"对了,最近好像也很少听说杀人或抢劫的案件。"二宫不经意的一句话刺痛了我,但我仍若无其事地说:"这大概也只是一时的现象。大家一定只是暂时疲于惊慌失措,不久之后,一定又会骚动。现在是宝贵的休战时期。"

我缓缓地转动方向盘。"把这么宝贵的时间花在大学校园里，闲逛怀旧，算是明智的选择吗？"

"不然你还做什么其他更有意义的事情吗？"

我是不是应该赶快回到公寓，绑好绳索，重新尝试自杀呢？——我差点脱口而出。

大学校园比我记忆中的小了一些。暗灰色的建筑隐藏在青叶山山腰茂密的树林之间。刻着"理学院"三个字的门已经破裂，不知道是被谁拿什么样的器具破坏的。

"真令人怀念。"

我们在校园里逛了一会儿才进入教学楼。教学楼入口处的走廊通往餐厅，门已经倾斜，门锁也坏了，我们只好用蛮力把门撬开。一股掺杂着尘埃与霉菌的气味扑鼻而来。

"我几乎一直坐在这个位子。"二宫坐在距离讲台最近的第一排座位。"的确。"我这样回答。二宫又说："矢部，你几乎没有来上过课吧？""嗯。"我环顾整间教室。这里的损坏程度没有我预期的严重。桌子有被烧过的痕迹，椅子也被搬走了几张，另外，一些肮脏的痕迹显示曾有人住在这里，但教室至少能勉强保持原状。我试着坐在最后排的位子上。

这时我惊讶地发现，周围的景象突然扭曲，我感到一阵晕眩。教室墙壁的颜色突然产生了变化，桌上的涂鸦和椅子的伤痕反复增加又减少，昼与夜仿佛倒转了数十次。我察觉是自己又在回忆往事，追溯过去。千鹤坐在我旁边的位子上，她没有化妆，仍是学生时的模样，穿着一件低领连衣裙，把她当时心爱的皮包放在一旁。"矢部，真难得。"她对我说，"没想到你会来上这堂课。"

"因为我今天很闲。"我回答。

"喂，你是付学费来打发时间的吗？真浪费。"

当时我们还只是朋友关系，没有开始谈恋爱。我在脑中回想并感受上课的情景。许久没来上课的我当然跟不上进度，但我心想，反正到考试前向千鹤借笔记来抄就行了，因此连文具都没拿出来，只管坐着听教授说话。

课上到一半左右，我有些在意，戳了一下邻座的千鹤问："喂，刚刚教授讲的东西不需要做笔记吗？"我觉得那些内容似乎很重要。

"喂，"千鹤露出苦涩的表情，"你跟我说有什么用？你自己做笔记吧。"

"不，我的笔记就是千鹤的笔记，所以我希望你能把重点记下来。"

"不要老是指望别人帮你记重点。"

我应该是在大二的夏天开始和千鹤交往的。我追溯着，试图找寻两人交往的契机。对了——我站了起来。我跟她之所以开始交往，是因为二宫。

"喂。"我坐到二宫旁边的位子上，他坐在最前排的位子上托着脸颊发呆,"你记不记得以前你跟我说过一件事?"

"什么事?"

"呃,应该是在学校餐厅一起吃饭的时候说的。"

"吃秋刀鱼的时候?"

"对了,你以前总是点秋刀鱼。"

矢部,老实说吧,你很喜欢千鹤,对不对?

当时二宫一脸无趣的表情听我说些废话——诸如深夜的电视节目、在附近快餐店听到的怪异方言、或是理学院教授的八卦,等等。接着他突然插入一句话:"我问你一件事——"并问了上面那个问题。

"因为你那时候老是关心千鹤的事情啊。"

"可是你也没有必要特地指出来吧?"我边说边望向眼前的黑板。黑板上用粉笔写了很多字,有的写着:"欢迎小行星!"也有语气坚定的留言:"我会再回来的!"这些大概是在尚算和平的时期写的吧。也有人以歪斜的字体写着:"沟通可以解决一切。"后面接着意义不明的计算公式。"理学院是否能够阻挡星星?"也有人这么写。其中最深切地打动我的,是写在左上角的一排小字:"我不想死。"我盯着这排字看了好一会儿。

"事实上——"我和二宫并排坐在一起,仿佛看着前方并不存在的教授,他又说:"当时千鹤看起来好像也对矢部有意思。"

"有意思"这个说法让我感觉很可笑。"怎么说?"我问他。

"两人彼此都有好感,却迟迟无法拉近距离,看在旁人眼里,真的很火大。"

"你这是什么鬼话?"我感到无言,"你就是为了这个理由,所以逼我告白?"

"我想要改变轨道。"二宫低声地说,不像是在开玩笑,"继续旁观下去,会让我很受不了。"

原来如此。我这时才感觉自己好像明白了二宫的秘密。"原来你在窥视我们。"

"基本上,你们内心的想法根本就是昭如星星。"

"不是星星,是日月。这句俗语应该是'昭如日月'才对。"

"这样啊。不过后来你和千鹤结了婚,现在怎么样?"二宫再一次提出质问。

怎么样?千鹤或许觉得是一场失败的婚姻吧?我老实回答。

"你们吵架了?"

"我们经常吵架。我曾经在回家的时候看到她在桌上留下的纸条,上面写着:'我已经受够了,拜拜。'她大概积怨已久了吧。"

"的确。"

"哪有人会突然冒出一句'拜拜'?"

"她大概真的很生气吧?"

7

我们也去了餐厅。这里的毁坏程度更加严重,虽然十年前曾装修过，状态却比二十年前更凄惨。大门被拆下来了，处处是翻倒的桌子，更恐怖的是，还有人倒在厨房附近。这里或许发生过争夺食物的暴力事件，地上躺了几具尸体。这些人大概已经死了好久，尸体已经干燥，早就没有臭味。

"最近的学校餐厅里都看得到尸体吗？时代真的变了。"二宫似乎是在开玩笑，他的语气和表情却一本正经。"的确变了。"我也很认真地回答，"不过说到这一点，我们两个才真的变了，看到尸体竟然没有太大的反应。"

以前我只要看到尸体就会呕吐，现在却已经习惯了，大概是脑子里有一部分细胞已经麻痹。

"这五年过得太惨了。"

"以后大概会更惨吧。"我说得好像事不关己一样。我不认为自己会活到世界末日。

我们逛了一圈校园，回到车上，返回二宫的住处。行驶途中，二宫开始谈起荒诞的话题："恐龙搞不好也跟人类一样。"

"你说跟人类一样，是什么意思？"

窗外掠过的山峦景色仍旧和以前一样，看起来像是一派超然，也像是已经放弃抵抗。我心中不免觉得，如果能赶在红叶季节来这里欣赏风景就好了。一想到自己再也无法看到红叶，我就感到有些寂寞。

"恐龙或许也和人类一样拥有语言，可以彼此聊天，也可以使用工具、打造建筑，发展出自己的文化。"

"恐龙不就是蜥蜴吗？怎么可能会说话？"

"光凭化石是很难猜测的。事实上它们也许身上长了毛，肌肉也很发达。而且语言不一定要靠嘴巴发出声音，也有可能是以手势来沟通的。"

"我猜它们绝对是一群智能很低的蜥蜴。"

"如果人类在这场灾难中灭绝了——"

"应该会吧。"

"经过数万年，也许会有别的生物发展出文明。"

"啊，那是蛞蝓①吧？"

"以前的确有这样一部漫画。"②二宫肯定地点点头，"那些蛞蝓看到我们的化石，或许也会觉得这是一群智能很低的小型哺乳类动物、裸着身体在地表上行走吧？毕竟人类文明的遗迹经过几万年之后会全数消失。"

"那又怎样？"

"那些蛞蝓或许会开始称呼自己为'人类'，把我们称作'恐龙'。"

"我们又不是龙。"

"从前的恐龙搞不好也说过同样的话。也就是说，我们并没什么特别的，小行星冲撞也没什么特别的。每次都会发生这种事情，

---

① 一种软体动物，俗称鼻涕虫。
② 此处应指手冢治虫《火鸟》未来篇，讲述地球于3404年走向灭亡。

只是一再反复而已。"

"你这种话,一点安慰的作用都没有。你在大学的时候不是很肯定地说过小行星不会撞上来吗?"我换了车道,准备进入山洞。

"千鹤还好吗?"

进入幽暗的山洞,我凭着前灯的照明踩着油门,二宫又这样问了。被问第三次之后,我没办法继续装傻,只好老实回答:"她已经死了。"二宫并没有显出惊讶的样子,只是低声说:"哦,这样啊。"

"那是五年前小行星骚动刚刚开始的时候。我们走出公寓,到附近的小钢珠店购买囤积用的食物,结果,她就在那里被杀了。"

二宫听到"被杀"这两个字也没有太大的反应。"小钢珠店?"

"店内停车场里有一台自动贩卖机。"我回答后,立刻感觉自己仿佛又回到了当时的停车场。眼前的光景虽然如隔了一层纱般模糊,记忆却迅速涌回脑海中。

自动贩卖机前排了将近五十个人,我排在大约正中间的位置。每个人都拿着钱包,一副杀气腾腾的样子。"一个人只能买十瓶!"从后方传来怒吼声,但排在最前面的人仍继续投币,直到无法扛动机器吐出来的罐装果汁为止。当时还没有人想到处理垃圾的问题,无论是铁罐还是宝特瓶,只要能买到就值得庆幸了。千鹤留在车内,在前座打瞌睡。

"她既然在车子里打瞌睡,又为什么会死掉?"二宫发问。

"因为她走出了车外。"

我等了一个钟头,总算来到自动贩卖机前,开始投币购买一罐又一罐的果汁,放进袋子和口袋里。后面有人怒吼:"够了吧!要是都被你买光了怎么办?"但我并不在乎。反正之前的人也都没有遵守规则。

买到二十罐之后,我觉得差不多拿不动了。我看了车子一眼。"喂,你好了没?别再买了!"背后有人咒骂,但我并不打算罢手。我开了三个小时的车子才抵达这里,又在自动贩卖机前面排了一个小时的队,即使被视为不择手段,也要买得越多越好。机会太少,必须拼命利用才行——我心里这么想。

车子停在稍远处,我手中抱着一大堆罐装果汁挥手叫千鹤过来。千鹤刚好醒过来,立刻打开车门走到外面。她似乎仍半睡半醒,揉着眼睛走过来问我:"什么事?"

"帮我把这些搬回去。我还要再买一些。"我说完,将手中的罐子交给她。

接着我又转回自动贩卖机前,想要继续投币,就在此时,站在旁边的千鹤身体摇晃了一下。危险——我正要开口,才发现她身后站了一个男人。

周遭的声音静止了。我没有听到千鹤倒在地上的声音,也没有听到罐子从她身上滚落的声音。那个男人的体型像根竹竿,戴着眼镜,双手拿着老鼠色的砖块。我隔了一会儿才醒悟到他用手上的砖块殴打了千鹤的头部。

我一时没反应过来,但立刻蹲在千鹤身旁。她已经失去意识,后脑勺涌出的鲜血在地上扩散。因为我已经离开了队列,排在后面的人便自动补上前开始投币。

"犯人呢?"二宫回应了一声"哦"之后又问。

"跑掉了。我当时也很慌张,来不及追赶他。情急之下拿起一个果汁罐丢向他,但是当然没丢中。"

"是在最近吗?"二宫面不改色,很自然地问。

"什么?"

"你是在最近杀死了犯人吗?"

我一开始无法理解他的意思,但立刻脱口而出地问他:"为什么?"——他为什么会知道?

"我刚刚也说过,你的面孔看起来好像很疲倦。我提到父母亲死亡的事情,你就露出狰狞的表情问我犯人死了没,看起来就像是被复仇之神附身的男人。我就猜想,你大概复仇成功了吧。而且啊——"

"而且什么?"

"你以前就是不会原谅这种事情的人。"

"哪种事情?"

"以前我不是曾经邀你到藏王① 去看彗星吗?那时候你带来的

---

① 位于日本宫城县,藏王山脉主峰藏王山的周边地区总称"藏王"。

学妹臭骂了我一顿，简单地说就是把我当傻瓜。结果你一直很在意这件事。"

"是吗？"我完全不记得有这一回事。

"你还说，你无法原谅自己让我感到不愉快，为了补偿我，还拉着我参加联谊。"

"我不记得了，不过我想大概是我自己想要参加联谊吧。"

"我会很困扰呀。"二宫显得有些恼火，但仍旧以认真的眼神继续说："所以这回你一定也觉得是自己害死了千鹤吧？我猜你一定不能原谅自己，至少，想要完成复仇的心愿。"

"你别一副好像很了解的口吻。"我虽然这么说，内心却感到惊讶，二宫的确说中了事实。在他点明之前，我都没有发现到这一点，但我大概的确是无法原谅自己。我为什么不早点离开自动贩卖机？为什么把千鹤从车上叫下来？我一再后悔地责问自己，所以才无法立刻追随千鹤自杀。我深深地吐了一口气。我感觉到自己体内的不安和恐惧随着颤抖往外喷出。而当我吸气时，空气本身也轻快地摇动了一下。"事情发生在前几天。当我走到那家小钢珠店附近时，刚好看到那个男的——就是那个长得又高又瘦的家伙。我绝对不会忘记他的长相。他竟然顽强地活下来了。你能够相信吗？"我跟在那男人后面，看到他下楼梯的时候便跑过去，拿起地上的石头殴打他。"这样做，千鹤就能原谅我了吗？"

"她大概原本就没有怪罪你吧。相反地，她应该不会原谅你替她复仇才对。"

"二宫，你的观察力真敏锐。"我回答他。我只是为了伸张自己的正义而复仇。这样就行了——我这么想。

"真是危险的世界。"二宫的语调像是在开玩笑，"然后你就打算自杀？"

我惊讶地转向坐在左边的二宫。他将右手放在自己的脖子上，作势往旁边拉了一下。他大概想说我脖子上还留着绳索勒过的痕迹吧。

我只能苦笑。"二宫，你的观察力太敏锐了。"

"那当然。你内心的想法根本就是昭如星星。"

"不是星星，是日月。"

8

车子停在二宫家前面，我们没有进入屋内，而是到院子里去看望远镜。太阳已经下山，四周也变暗了，但是可惜天空乌云密布。二宫把眼睛贴在望远镜上看了好一会儿，接着抬起头说："果然还是看不到。"他皱起了眉头。

我抬头望着天空。"真的有星星向我们这里逼近吗？难以想象。"我无法想象三年后有一颗巨大的星星将撞上地球。

"不知道。我目前仍旧持半信半疑的态度。毕竟轨道很有可能会发生改变。"

"你还真冷静。"我站在原地，面向他。二宫长得比我矮，外表完全不吸引人，但此刻却突然显得相当可靠。我情不自禁地展露笑容。

"有什么好笑的？"

"没事，在大学的时候，我绝对想不到会变成这样。"

"变成怎样？"

没事——我模棱两可地回答，接着交叉起双手转换了话题："我想问你一件事，"我只是很单纯地想要问这个问题，"对你这种天文迷而言——"

"你干脆直接说我是天文宅男吧。"

"那是蔑称。"我笑着回答。但二宫推了推眼镜说："如果所谓的御宅族是指热中于某件事的人，那就是尊称了。"他的表情相当认真。

"不，我并没有把这个词当作尊称来使用。"我老实承认，"总之，我想知道你是怎么想的。三年后，小行星就要冲撞地球了。大家都要完蛋。被自己喜欢的星星杀死，是什么样的感觉？"

"你这样问，我很难回答。"

"冲撞的那一刻，你会做什么？"

二宫这时对我笑了笑，平时严肃的眼神也变得柔和许多。"当然是在看望远镜。"

"当然？"

"因为以前我们只是观测到距离地球几十万甚至几百万公里的彗星就已经很高兴了，可是现在却可以在更近的距离观测。而且不是往旁边飞走,而是直接向我们逼近。"他越说越兴奋,我不禁被他的气势压倒。"你不觉得很厉害吗?不,说实在的,它如果真的会掉下来,那就太棒了,我从现在开始就会兴奋地睡不着觉。"

"你不是在开玩笑吧?"

"当然不是。"

他热切的语气让我哑口无言,接着我笑了出来。"真了不起。你真的是打心底里喜欢星星的人。"

"不行吗?"

"我很羡慕你。"这是实话。在剩余寿命有限、每个人都陷入绝望深渊的时候,眼前的二宫却显得意气昂扬。

"只是啊——"这时二宫突然提起他所担心的事情。

"怎么了?"

"冲撞时间如果不是晚上就伤脑筋了,这样一来我就无法进行观测。所以,小行星必须在晚上坠落才行。"

"你在说什么啊?"我有些无言以对。但立刻想到,这对二宫而言应该是非常重要的事吧。"说得也对,不是晚上就看不到了。而且还必须是晴天才行。"

"没错。如果不是晴朗的夜晚就伤脑筋了,真的很伤脑筋。"二宫以祈祷般的声音很认真地这么说,接着他开始呼喊:"晚上,一定要是夜晚,夜晚!夜晚!"简直就像是小孩。

我耸耸肩。"没错,二宫的确不需要朋友。"我很想告诉已经不在身旁的千鹤,"他是个不需要朋友的怪人。"

"对了。"二宫又对我说。

"什么事？"

"小行星就要掉下来了，我还能这么高兴，虽然很不负责任，心中也觉得有些抱歉，但是我真的很庆幸自己喜欢天文。"

"嗯，我也觉得你很幸运。"

"我算是胜组吧？"二宫笑着说。我回答他："胜组这个说法很没品，感觉满讨厌的。"

9

车子驶回"山丘城镇"，我心中充满既安心又忧郁的复杂情绪。如同关于千鹤的回忆，关于这座城市的记忆也掺杂着愉快与不愉快、金光闪耀与黝黑悲惨的种种成分。

我把车子停在停车场，下了车，走向公寓的入口。我抬头看着已经全黑的天空，嘴巴自然而然地张开了。不知是否因为风大，这里的云层比在二宫家的院子里看到的少了许多。星星在云散之后的空间里闪烁着立体的光芒。我维持这样的姿势看了一阵子天空。二宫发现的小行星不知道是哪一颗——我不禁想要开始寻找。

"你回去之后打算自杀吗？"临走之际，我上车后，二宫让我摇下车窗，问了我这个问题。

"大概吧。"我的回答虽然模棱两可，但事实上已经下定决心。"在我还没改变主意之前。"我说，"机会是不容错过的。"

"这样啊。"二宫撅起嘴巴。

"你不阻止我吗?"我笑着问。

"就算我劝你,你大概也不会听吧?"

"没错。"

"而且在这种时局之下,还能活着就已经够幸运了,竟然会有人想要寻死,我根本不想管这种人。"二宫仍旧摆着一张臭脸,我却觉得很高兴。"胜组的人说的话果然不一样!"我挥挥手,离开了二宫。

晚安——我听到有人跟我打招呼,连忙看了看前方。一想到自己刚刚张着嘴巴仰望夜空的蠢样子被人看到,就感到有些丢脸,但我还是回了声招呼。

在我面前的是一个年轻的女孩。她似乎刚刚从公寓走出来,穿着一件可爱的毛大衣。我想不起她的名字,只记得她好像是住在同一层的住户,年纪大约二十岁,双亲都已经过世了。我有一阵子没看到她了,原来她还活着。

"这么晚要出门吗?"如果是在平时,我大概不会主动跟她攀谈,而我现在却这么问了。

"我要去约会。"她有些羞涩又有些自豪地点点头。

"这样啊。"没想到在这种时候年轻人仍可以忙于谈恋爱,让我感到佩服,"真棒。"

"我遇到了一个对象。"她说完便快速离开。我看着她的背影,想起自己和千鹤一起度过的时光。

我回到房间,正准备重新绑上绳索,却发现到掉落在地上的老花眼镜。正确地说,我是想起了老花眼镜的使用方式。从前念书的时候,二宫曾教过我简易望远镜的制作方式。

我在房间里翻箱倒柜,过了二十分钟左右,终于找到了放大镜。我还找到了厚纸板。

手工课啊——真令人怀念。我边苦笑边动手。以前的员工看到这样的情景一定会很惊讶吧？啴叨的董事长竟然像小学生一样动手做手工,到底发生了什么事？——他们一定会这么想。我把厚纸板卷成筒状,把老花眼镜装在纸筒前端,放大镜则装在后端,并用胶带黏住。虽然不太美观,但只要能固定住就行了。"长度也要做一番调整,不过一旦找到了焦距,至少能看到月球上的陨石坑。"二宫曾经这么说,"从前的人都是这样制作望远镜的。"

"用这种东西？"完成之后,我看着笨拙的望远镜,在无人的房间里自言自语。我缓缓地走向窗边,拉开窗帘,看到宛若覆盖着一层黑纱的夜空。我看到了星星,把头往右方倾斜,又可以看到月亮。

等我观测完月亮之后——我心想——等我拿望远镜观测完月亮之后,就要绑上绳索,立刻上吊,早早离开这个没有千鹤的世界。

戏剧船桨

1

十七八岁的时候，我在偶然换台看到的电视节目中听到一位印度裔演员的谈话，深深受到影响，并决定了今后人生的方向。

那名演员肤色黝黑，脸上有很深的皱纹，当时正好为了宣传一部悬疑片来到日本。他素来就有"变色龙演员"的封号，在那部电影中更是分饰了四个角色。当记者问他"你必须饰演这么多不同的角色，不会觉得很辛苦吗"这样的蠢问题时，他露出有些困惑的表情，接着说："一个人只能体验一次的人生，演员却能够尝试许多不同的人生。既然如此，通常都会想要尽可能尝试更多的角色吧？"

如果是现在的我，一定会冷冷地批评："为什么不老实回答说，这是工作，没办法呢？"但是十年前还是女高中生的我却相当感动，觉得那个回答太帅了。

接着这位印度裔的老牌演员又说："戏剧就像划动人生的船桨。"这句话我就完全听不懂了，大概是翻译的人翻错了吧？

容易受到感动或影响，大概是十几岁时的特权吧？我下定决心要成为演员，认定要当演员就要进入剧团，要进入剧团就得先到东京。既然只是为了要到东京才上大学，那么不论上哪一间大学都没有太大的差别——就这样，我轻易地决定了未来的方向。出乎我的预料，父母亲并没有表示任何的反对意见。

上了大学之后，我没有将心思放在课业上，而是加入了东京一家小小的剧团，为了成为演员而勤奋练习。我的野心是从无名剧团的团员跃升为著名演员。然而我并没有三头六臂的本领去大显神威，每天的日子都过得七零八落，甚至只能让闷酒渗透五脏六腑。

七年前，我终于承认自己没有才能，回到了老家仙台。小行星冲撞地球的新闻引起大骚动，是在六年前的夏天。

回到父母亲的公寓，他们并没有表现出惊讶的样子，也没有对我发脾气，态度相当淡然。"请原谅我这个没用的女儿吧。"当我这么说时，父亲和母亲只是愉悦地彼此看了一眼，对我说："我们原谅你。日后你也要同样地原谅别人。"

"我去东京的时候，你们好像都没有很紧张的样子。"

"没有人会因为想当演员而送死吧。"母亲很轻松地回答。

2

我今天首先拜访的是阿婆的家。早乙女家是独栋的房屋,我和早乙女婆婆并排坐在外廊上,两人中间隔着盛仙贝的盘子。

"那里以前就放着猫的雕像吗?"我指着外廊的边缘。那里摆着一个陈旧的猫型陶器。猫的造型是蜷曲着身体躺在地上,反射着太阳的光线。

"那是我前天整理壁橱的时候找到的,就拿了出来当摆饰。"坐在我旁边的早乙女婆婆笑着说,满脸的皱纹显得更深了。"以前有很多野猫会来这里睡午觉。"她感伤地说,"它们就像这样蜷曲着身体睡觉,可是现在都看不到它们了。"

朝南外廊的前方便是庭院,院子里的树木和草丛都经过悉心的照顾。七十多岁的早乙女婆婆虽然个子娇小,但背脊很直,步伐也很矫健,一有时间就会修剪庭院中的花花草草。

"大概是被吃掉了吧。"

"也许吧。"我也这样回答。

六年前,得知小行星要冲撞地球之后,确保食料无虞就成了重要的问题。最近,白米的供给终于趋于稳定,但其他食物却必须凭自己的力量想办法获取。就连早已过了保存期限的仙贝,能吃到就已经值得庆幸,因此即使有人将横过眼前的猫狗视作食物也不令人意外。我条件反射性地想起系在居酒屋仓库旁的那只杂种狗。它之所以能够活到现在，大概是因为看起来很难吃吧？这个推论虽然不太谨慎，但应该没有猜错。

"因为小猫都不在了，感觉很寂寞，所以我才想到放个雕像在那里。"早乙女婆婆眯起眼睛，以悠闲的口吻说："即使是代用品，也没关系。"

代用品啊——我伸了一个懒腰，这么想。乍听之下，我还以为她是在说我。

早乙女婆婆的这栋双层独栋宅院占地五十坪，四房两厅，原本还住着五十几岁的儿子夫妇和二十几岁的孙女，但她在三年前失去了这些家人。儿子夫妇和孙女丢下早乙女婆婆，从青叶山的桥上跳河自杀了。我能理解他们因厌世而想寻死的心情，却无法理解他们为什么不带着早乙女婆婆一起走。"大概是嫌我碍事吧。"早乙女婆婆呵呵笑着说。

我和父母亲住在同一个镇上一间三房两厅的公寓里，他们也在三年前离开了我。我的父母不知是因为意外还是主动地服下了奇怪的药物，口吐白沫死在客厅里。母亲虽然说过"没有人会因为想当演员而送死"这句话，但是她大概还没有达观到可以说出"没有人会因为小行星撞上来而送死"这种话吧。

在那之后，我便不时地拜访早乙女婆婆的家，扮演她的孙女。我不记得自己曾正式宣布要去演戏，两人之间也没有任何约定，这只是我单方面的决定。我边想着自己是个代用品，边想起那位印度演员的话。

他在七年前悄悄离开演艺圈，之后取消所有的工作，并支付了巨额的违约金给签约的公司，搬到美国的乡下地区隐居。

变色龙先生说，在乡下的那座小镇上住着被诊断为患末期癌症的母亲，他想陪她度过余生。其实他的亲生母亲已经在四分之一世纪前就过世了，因此那位女士并不是他真正的母亲。"不知道为什么，她把我当成她自己的儿子，于是我也决定就让她一直这么相信吧。能够扮演儿子欺骗自己的母亲，可以说是作为演员最大的幸福。"他最后的这段发言可以视为伪恶，也可以视为伪善。

在东亚的这座小镇上，我也正在做跟他一样的事情。想到这里，虽然自己曾经在演艺的道路上受挫，我心中还是感到有些骄傲。

我们离开外廊，回到了客厅。早乙女婆婆小声抱怨最近背又开始痛了，我便提议要替她按摩。"这里痛吗？"我虽然身高一米七，即使和男人比身高也不逊色，却完全没什么臂力。我使劲在她的腰上指压，但似乎没什么效果。不久，我的手就感觉很酸了。我改以手肘压她的腰，不过仍旧没有改善。

过了一会儿，早乙女婆婆便起身说"谢谢，已经好很多了"，但我看到她坐回椅垫上的时候自己揉了揉肩膀。

3

走出早乙女婆婆的家，我回到公寓，前往妹妹等候的房间。

当然，在我的户籍上，我并没有具有血缘关系的妹妹，因此正确地说，是我扮演"姐姐"的角色。小我两岁的女孩名叫亚美，她的个性很倔强，态度亲狎而随便，却又有些不可靠，让人看了就觉得：如果有妹妹，应该就像那样吧。

我刚按下门铃，亚美便揉着眼睛走出来。"我刚刚起床。进来吧。"她的声音就像因低血压而导致的无力，说完就退回房间里。我也不客气地跟着她走进去。

这间房间就在我所住的房间正下方，隔间几乎完全相同，但是因为家具的配置和地毯的颜色不一样，气氛上感觉有很大的差异。穿过走廊，右手边是她的寝室。她脱下睡衣，穿着一件内衣在换衣服，不知该说她毫无防备还是粗枝大叶。我不禁摇头苦笑，就像对自己的妹妹摇头苦笑一般。

我走到客厅，坐在沙发上。偌大的四人座沙发上空荡荡的，感觉颇寂寞。亚美原本和母亲、姐姐还有哥哥四个人一起生活，小行星的骚动开始后，有一阵子，全家人都躲在屋子里。过了数月，他们听说关东建了地下避难所，便乘坐大型休旅车前往东京。然而车子才开了不到三十分钟，就遭到强盗攻击，车子被焚。"我逃得比较快。"亚美曾笑着告诉我。总之，她回到了这间公寓，独自生活。所谓关东成立地下避难所的消息当然只是谣言而已。在那之后，又有多到足以杀死人的类似小道消息流传。"足以杀死人"并不是修辞上的比喻，实际上，真的有许多人被这种流言蜚语害死。

"对了,最近都没有见到矢部先生,姐姐,你碰到过他吗?"亚美边套上运动衫边回到客厅,问了我这个问题。她穿着褪色的蓝色牛仔裤和长袖运动衫,非常适合她的短发造型。

"的确,最近真的都没有看到他。"矢部先生是同一栋公寓里的住户。我和亚美走在路上时,曾经和他打过几次照面,大概是作息时间相似吧。他虽然表情阴郁,但偶尔也会和我们打招呼聊天。

"他是不是离开了这栋公寓?"

"他说过他在找人。"

关于矢部先生的话题就此结束。换好衣服之后,亚美说:"我们去玩接球吧,姐姐。"

"我绝对不会输给你。"我边说边站起来。

"接球游戏又不分输赢!"她苦笑着说。

公寓一楼入口处并排摆放着各个房间的邮箱,上面有两只棒球手套。亚美拿了手套,对我说:"这是我以前跟哥哥玩的时候用的手套。"她拍拍上头的灰尘,将其中一个递给我。我和她是在三个月前熟识的,当时我的房间正在漏水,便到楼下的房间道歉。"你真是一板一眼。在这种时局,随便造访别人家很有可能会无缘无故被杀。"她向我提出忠告。

我们到了公园,开始彼此投球。我虽然不擅长球类竞技,但现在既然是在扮演一名"运动全能的姐姐",就有办法应付。我没办法投得很远,但勉强能够投到亚美站立的位置。球击打在拳套上，发出利落的响声。

亚美的球相当有力，直球朝我的胸口飞来。我闭着眼睛，盲目地将手套伸到前方，恰巧接住了球。"好厉害。"亚美说。

听到她的称赞，我越来越有自信，投球的力道也越来越强，连我都觉得自己太单纯。"亚美，你以前是职场白领吗？"我用笨拙的姿势转动身体投出球之后，这样问她。

她接了球之后微微点头。"与其说是职场白领……嗯，我有过工作。"

她的球飞向我的胸前，我连忙将手套伸出去。"啪"的一声，球钻进手套里，却又掉落到地面上。我蹲下来捡起球。"什么工作？"

"嗯，我忘记了。"

这种事不可能忘记，因此她的意思应该是不希望想起吧。

"亚美，你有男朋友吗？"我们默默无言地又投了一阵子的球，我又问了她别的问题。在投球的时候发问，无论什么样的问题，似乎都会扩散到公园的空气中，消失踪影。

"有啊。"亚美接了球，又说，"可是已经死了。"她把球丢回来。我忍住想要把脸别开的冲动，接住了球。这回我顺利地接到了。

"姐姐呢？"

"我也有男朋友，不过在小行星骚动开始之前，我们两个的关系就结束了。"

"原因出在谁身上？"亚美不知是真的有兴趣还是装出有兴趣的样子，中断了接球游戏，跑到我身边。我们很自然地摘下球套，走出公园。虽然没有人提议，但两人都很自然地朝着公寓的方向回去。

"是他提出的分手。照他的说法，好像是因为当初我刚好在他身边，他才跟我交往的。"

他和我同年，是同一个剧团的团员，外型虽然英俊，却没有演戏的才能，因为过于想要表现出自己的个性而显得做作，是一个让人看戏看得很痛苦的演员。

"真过分。"亚美替我抱不平。

"简单地说，他觉得即使和我在一起，也没有心动的感觉了。"

"不管跟谁交往，都不可能永远有心动的感觉啊。"亚美以愤怒的声音说，"那种臭男人才真的没办法让人心动！"

听到她威猛的评语，我不禁笑了。有这样的妹妹当我的援军，让我感受到很大的鼓舞。

"我也觉得很不甘心，还诅咒那男人干脆被陨石砸死算了。我是说真的。"

"那是发生在新闻播报小行星事件之前吗？"

"当然了。在那之后我再也不敢随便诅咒人。"

"这么说来，这回的冲撞就是实现了姐姐的祈祷，都是姐姐害的啰。"

"我明明祈祷只要砸死他一个人就好了。"

两个人都笑了。我们走上了斜坡。这并不是打心底里发出的笑声，而是勉强笑出来的。亚美想必也是一样吧。走在这个看不到未来的世界中，如果不设法强颜欢笑，仿佛就会顿失血色昏倒在地。道路两旁停放着好几辆被遗弃的汽车。有些车子仍旧维持当初撞上电线杆时的状态。

"最近好像开始恢复平静了。"亚美说。

"关于小行星的消息，是骗人的吗？"

"大家应该只是累了吧。"过去，无论是男是女，只要走在路上，就有可能被自暴自弃的居民或是拿着凶器的盗贼攻击。我只是运气好，躲过一劫，却目睹过好几次类似的场景。现在街上虽然平静下来了，但我认为这只是因为大多数人都开始理解这一现实：即使攻击其他人，事情也不会改变。

"对了，姐姐，"当公寓入口出现在我们眼前的时候，亚美对我说，"现在原谅你那个男朋友了吗？"

"原谅？"我反问，但立刻回答，"也没什么好原谅的，我一开始就没有怎么憎恨他。"

"这样啊。"

"亚美，你有无法原谅的人吗？"

"我？嗯，我无法原谅我自己。"她一脸正经地说。

4

回到房间，我看了一下客厅的时钟，已经是下午三点多了。

我打开厨房的柜子,拉出装在塑料袋里的芋头干。我将其中一些换了个袋子装,放进包包之后又走出房间。我发现运动鞋的鞋底已经变得很薄了,担心它还能够支撑多久。附近虽然有几家店已经重新开始营业,但我记得其中并没有鞋店。

我走了五分钟左右,在超市附近右转,来到一座小小的平房。那里并排建着十几栋相似的铁皮屋,这些房子虽然都有小小的庭院,但看起来很破旧,有许多房子被打破窗户,栅栏也坏了。

我走到一栋挂着门牌的屋子前面,按下门铃。请进——我听到屋内传来小孩子模仿大人的声音。我打开大门,进入屋子。"我不是跟你们说过要锁门吗?"我生气地打开纸门。

地上躺着两个小孩子,其中的男孩子高声说:"反正就算锁了门,外面的人只要想进来,就能把锁打开。"这两个小孩子分别是十一岁的男孩和九岁的女孩。他们是一对兄妹,哥哥叫勇也,妹妹叫优希。两人长得很像,乍看之下会以为是双胞胎。他们正躺在八个榻榻米大的和室里看漫画。

我是在一个礼拜前才认识他们的。一天傍晚,当我走在这附近时,看到他们两人在路上闲晃,便上前对他们说:"小孩子单独在外面走很危险哦。"勇也挥舞着大概刚刚从草丛里拔来的狗尾草,有些恼火地说:"我们家只有两个人,当然只能跟小孩子出来了。"这时在他身旁的优希也跟着说出几乎一模一样的台词:"我们家只有两个人,当然只能跟小孩子出来了。"我告诉他们:"你们知道吗?狗尾草其实不会在这种时候长出来,这是受到异常气象的影响。"他们显得很有兴趣:"真的?"

"你们的妈妈呢?"

"她一直没回来。"

我有些强硬地拜访了他们家。说得好听一点,是因为担心这户家庭只有两个小孩子住在一起。而事实上,也许我只是想要扮演他们失去的母亲。

屋子里的装潢虽然煞风景,但整理得很干净。室内几乎没有任何家具,只有电视机和录像机。他们家在六年前原本准备搬家,正在清理不需要的家具时,发生了小行星骚动。

"妈妈吓了一大跳,那时候也不可能搬家了,她好像失去做任何事情的动力。""我们好不容易买了公寓。""虽然只是中古屋①。""三十五年贷款。""隔间也是我们三个人一起决定做的。""连房间的颜色都选好了。"

六年来,我看过太多毫无理由的悲剧或让我束手无策的事情,不知该说是已经习惯了,还是已经受够了,或者该说是麻痹了——但是看到这两个小孩子淡淡地提起原本期待搬进公寓的计划被迫中断,母亲也离开了,我不禁难过地掉下眼泪。

"你干吗哭啊?"勇也以冷淡的眼神看着我。

"反正大家都要死了。"优希也噘着嘴说。

"我知道。"我这样回答。勇也便说:"阿姨,你也会死。"他

---

① 泛指二手房。

这句话大概是说给他自己听的，声音有些颤抖，但我还是依照惯例假装生气地说："怎么可以叫我阿姨？拜托！"并指示他们叫我妈妈。

"假妈妈。"两兄妹这样称呼我。我几乎每天都会造访这栋屋子。我还告诉他们，小孩子单独住在这里很危险，并提议他们搬到公寓跟我一起住，但他们拒绝了。理由有两点：

"妈妈可能会回来。"

"咪咪也可能会回来。"

根据他们的说法，他们的母亲是在一年前外出寻找食物的时候失踪的，之后再也没有回来过。至于咪咪，从这个名字推断，应该是他们养的猫吧？这只咪咪也已经半年没有回家了。

电视上方摆着母亲的照片。她站在勇也和优希中间，穿着黑色连衣裙，围着粉红色围巾，看起来相当年轻。

她会不会是被卷入了暴力案件？咪咪会不会被人吃掉了？我虽然这样想，却没有傲慢到直接告诉他们我心里的想法。"你们可以留下字条啊。这样的话，即使离开了家，妈妈回来了也会知道你们在哪里。"我这样提议，却被他们否决："咪咪又不认字。笨蛋！"

唯一值得庆幸的是，他们不需要为食物烦恼。他们的母亲囤积了大量的罐头和蔬果汁。

"妈妈其实是被人骗了。"勇也这样告诉我。

他们的母亲误信"工作轻松、收入高"的广告词，接下了贩卖罐头的工作。"公寓的贷款还没有偿清,妈妈又被炒了鱿鱼,所以她很心急。"

母亲申请做贩卖员之后,公司这样指示她:首先,必须大量购买自己要贩卖的商品。不用想太多,尽量买,就当作是被骗也没关系。于是不久之后,就有大量装满罐头的纸箱邮寄到他们家,多到家里几乎放不下。只要以高价卖出商品,差额就成了你的收入,没有其他工作会比这个更好赚,真是恭喜你了——母亲打电话去公司询问时,得到这样的答案。

罐头当然卖不出去,母亲哀叹"被骗了",为了偿清罐头上的花销而一筹莫展。然而就在这个时候,小行星冲撞地球的消息公开了。

"于是就不用付罐头钱了。"勇也说。

"妈妈说,干脆赖账算了。"优希也得意地说。

"结果房屋贷款也不知道怎么样了,只剩下罐头。"勇也接着说。当时的他们不太可能了解得这么详细,多半应该是他们后来自己想象出来的。但总之,照他们所说,是这样的情形。

他们的母亲最明智的一点是预先将罐头都藏到地板下。她大概预料到会发生争夺食物的乱象吧。勇也他们之所以到现在都安然无恙,是因为这栋屋子里空荡荡的,看似并没有什么值得抢夺的东西。如果房间里堆满了罐头,恐怕早就被强盗入侵了。

你们的妈妈真聪明——我说。

"假妈妈也很聪明啊。"勇也这句话应该不是在拍马屁,"玩

'吹牛'很强。"

"因为我很会骗人。"

遇到这两个孩子之后,我们常常在一起玩扑克牌,特别是吹牛游戏,似乎是这个家庭中最受欢迎的项目。每当我问他们"要玩什么"的时候,他们一定会回答:"吹牛!"

我已经很久没有玩扑克牌了,尤其"吹牛"又是很久没有玩的游戏,因此和他们玩牌的时候,感觉就像听说故乡的小杂货店还在营业一样,既怀念又新鲜。更稀奇的是,游戏规则竟然完全没有改变。将扑克牌发给三个人之后,第一个人喊"1",将自己的牌面朝下放在面前。其他人不知道那张牌是不是真的"1",如果觉得是骗人的,就喊"吹牛";如果那张牌的确是假的,出牌的人就得把目前已出的所有牌都收走。最先把自己手中的牌出尽的人算赢。虽然是很单纯的游戏,但是一旦认真玩起来却很有趣。要想教人学会怀疑,这个游戏最合适了。

玩了两个小时左右的"吹牛"之后,我走进厨房——虽然那里比较像是走廊兼厨房——把罐头加热,开始准备晚餐,也拿出我带来的芋头干。晚餐称不上丰盛,一下子就吃完了,不过勇也和优希的脸上都露出满足的表情,让我感到同样的满足。

接着我在浴缸里放热水。不久前燃气恢复了供应,多亏如此,在家里可以做些简单的料理,也可以洗热水澡。我不知道燃气恢复供应的理由,也许是因为治安逐渐好转,但即使如此,我仍无法想象是谁竟有这么大的使命感,将燃气送到每户人家。所以最近我甚至怀疑，也许小行星要掉下来的事根本是骗人的，又或者这个燃气其实不是真正的燃气。我边试探浴缸里的水温边指着水面说了一声："吹牛。"

两兄妹洗完澡出来，边擦拭头发边坐在电视机前，打开录像机。那是从电视上录下来的超人影集儿童节目，他们已经反复看了好几遍。母亲离开之后，他们只要一有空就会拿出这卷录像带来看。"不过只有最后一集没看到。""妈妈没录成功。""最后的结局不知道是什么样子。"

我听了他们的话，突然想到或许可以去附近的录像带出租店找到这卷带子，便抽空去了店里。这家店很小，是和我住在同一栋公寓的一位男性——应该是叫做渡部先生——工作的地方，即使在这样的时局之下，仍旧营业着。

对方似乎见过我，我一进店里他就笑着打招呼："你好。"我问他关于录像带的事，他便带我到儿童类影片陈列的架子前。

我在众多录像带当中找到勇也他们正在收看的系列，高兴地大喊："找到了！"想到孩子们高兴的表情，自己也觉得幸福。做母亲的大概就是这样吧。

"最后一集是这卷吗？"我抽出最右边的盒子。

"啊！"渡部先生发出像是悲鸣的叫声。"那卷刚好借出去了。"他愁眉苦脸地说。

"怎么会？"我请他帮我查看，发现那卷带子是好几年前借出去的。

"滞纳金应该会很可观吧？"

对于这类罚金的规定，有些店家不论顾客逾期多久，都不会索取比录像带本身更高的价钱，但是渡部先生的店单纯以日租金来加成计算。如果照规矩算起来，会累积成相当可观的数字。"真令人期待。"他笑着说。

"明天可以去妈妈住的地方吗？"勇也看着电视画面，缓缓地说，"我是指假妈妈的家。"

"嗯？好啊。"我采取慎重的态度，担心如果显得太积极反而会给他们压力，把他们吓跑。因此我故意以自然的口吻回答。

我拿出厨房抽屉里的旧杂志，剪下没什么文字和图片、比较干净的页面，简单地画下从这里到公寓的路程。第一次相逢的时候，我应该告诉过他们，但他们应该不记得了吧。

我在门口告诉他们，明天下午三点见。接着我想到一件事："干脆我搬到这里来住，不就没问题了吗？"

5

晚上，我拜访了住在同一栋公寓的一郎家。虽然我们都住在三楼，但是直到半年前都几乎没有碰过面，没想到在偶然的机缘下熟识了起来。

这栋公寓曾经发生过笼城事件,当时警察要求住户到外面避难。我当然也和大家一样,从逃生梯跑到外面,站在公寓前方当一名凑热闹的围观者。当时站在我旁边的就是一郎。"陨石都要掉下来了,劫持人质还有什么意义吗?"我看到他大概和我同年,便和他聊起来。事实上他比我年长五岁,只是因为长得一张娃娃脸,因此感觉就像是在和同年的朋友交谈。因为这个契机,我们很自然地开始彼此拜访,交情好到可以睡在一起。

"那时候的犯人还没有抓到吗?"躺在床上,我突然说出心里的问题。

"那时候?你是指笼城那次?"他似乎还没有适应新枕头,蠕动了几下才说,"话说回来,我没想到警察机关现在还能正常运作。"

"我上次走在巷子里,看到警察在逮捕一个持刀的人,把他压倒在地上一直殴打。"

"那些警察与其说是为了正义感,不如说是为了假公济私地发泄压力才继续工作的。"

"如果是这样,那还真过分。"

"否则,在这种时代根本不会有人想当警察。"

我看看枕边的时钟,已经凌晨一点了。我昨晚九点到这间房间,和一郎洗过澡,两人躺在床上赤裸着身体试了好几种姿势,现在汗水总算干了。我们各自穿上睡衣,像恋人般打情骂俏。

"一郎,你平常白天都在做什么?"

他偶尔会和邻居踢足球，但其余时间好像都趴在桌子上写日记之类的东西。

"我在写自传。"

"自传？"我不禁抬高声调，"一郎的自传？不是法布尔的？"

"为什么我要写法布尔的自传？当然是写我的自传。"

"可是你又没有做过什么伟大的事情。"

"别说这种伤感的话。虽然我的确没做过什么伟大的事。"室内已经变暗了，空气似乎随着一郎的苦笑产生了波纹。

"一郎，你以前到底是做什么工作的？"我之前也问过他，但他总是敷衍。

他以鼻子微微吐气，像是在笑，也像是害羞。"伦理子，如果我告诉你，你一定会要求我提供各式各样的服务。"

"什么意思？"我嘲笑他又不是成人片演员。

"虽然不是，可是也许很类似吧。"他笑了出来。

我突然想到：如果不是在这样的状况下，如果仍然过着普通的日子，我会想当他的情人吗？我无法回答这个问题。

一郎曾经有个情人。他虽然不常提起，但我知道他们两人的合照就夹在桌上的日记本里。我并不会因此感到不愉快，仍旧继续饰演自己的角色。我只是想要成为有男朋友的女人，一郎应该也是相似的想法吧。

"即使人类灭绝了，将来也可能会有人发现我的自传而深受感动吧。"

"你是为了这个理由写自传?"

"没错。"

"我想你应该知道,小行星如果真的掉下来了,那本日记应该也会一并消失。"

"骗人!真的?"

一郎是真心感到惊讶,让我不禁爆笑出来。

"是真的。"

6

早上,我一起床就迅速冲澡,穿上衣服,离开一郎的房间。"再见。"临走前,我对仍躺在床上的一郎道别。他低声说:"嗯,很抱歉,我有低血压。"接着说了一个跟我的名字完全不一样的女人的名字,大概就是照片中那个女人的名字吧。我并没有因此受到任何冲击,连我自己都感到惊讶,只觉得大概就是这么回事吧。就像饰演情人的演员,不小心喊出自己在现实生活中的情人的名字。这只是失误,不是罪。

不过我也不想假装没听到,所以走出大门之前喊了一声:"吹牛!"接着又说:"再见,宗明。"我故意喊出以前交往的男朋友的名字。

我没有回自己的房间,而是直接走下楼梯到了外面。我看看手表,时间是早上七点,清爽的蓝天飘浮着几片白云,我的脚步不知不觉也变得轻快。

我往"山丘城镇"的北方前进。

途中有一辆小卡车擦身而过，那是一辆正面驶来的白色卡车，货架上堆积着如山的白菜和甘蓝菜。坐在驾驶座上的是超市的店长，他突出的下巴非常好认。前座放着一把猎枪。小卡车在颠簸的路面上加快速度，转眼间便潇洒地飞逝而去。前座似乎还放着一台收录音机，嘈杂的摇滚乐声从敞开的车窗传来。我站在原地看着卡车离去，其后扬起的尘埃蒙蔽了我的视野。我不知道店长是从哪里弄来蔬菜的，不过他能够在这种时代继续开店并提供食物，简直近乎英雄人物。

我继续走了一阵子，来到已经化作废墟的小小居酒屋前。这栋建筑的窗玻璃破了，店内的箱子横倒在地上，地板上有类似干涸的血液的颜色。店内的状况虽然很惨，但此处已经没有任何东西可供抢夺，现在反而成为安全的场所。那条狗就绑在这家店的仓库旁边。

它当然不是我的狗。这条狗不知道是什么时候被人绑在这里的，当我发现时它已经在这里了。它是一只立耳的杂种狗，身上的毛色掺杂着咖啡色和黑色，看上去不怎么起眼。它看到我接近，便猛摇尾巴。这只狗并不会叫，不知道是从以前就是如此，还是因为曾经因为发出叫声而尝到过苦头。它的四肢站得笔直，抬头看着我，细小而急促的呼气声很可爱。

"你真幸运，看起来就是一副不太好吃的样子。"我从口袋里拿出昨天吃剩的芋头干，放在它的面前。它一低头，转瞬间就把芋头干一口吃掉了，边咀嚼边抬头看我，像是在问："还有吗？"今天的份额已经没有了——我像表演魔术般挥挥手。

我从仓库里找出绳子，系上它的项圈上，带它去散步。

我不知道这只狗的名字，也不知道它原本是否有名字，所以我称呼它为"狗"。狗当然听不懂人家用"狗"这个一般名词称呼它，不过每次叫它，它都会呆一下。散步途中，它即使把鼻子贴在地面上行走，也会不时停下来，转头看一眼牵着狗绳的我。看到它抽动着鼻子，眼神好像在询问："咦？你是我的主人吗？"我就会想要道歉"对不起，我不是"。

奇怪的是，这只狗的散步路线每次都不一样。我原本以为狗散步的目的是要确认并巡逻自己的地盘，但它每次都往不同的方向走。我因为没有制止的必要，也就跟着它前进。它是想要扩张地盘还是想要寻找同伴呢？当我们开始往东北方前进时，迎面走来了一个中年人。这个男人长得很矮，下腹突出，是一张陌生的脸孔，留着胡茬，眼睛下方有很深的黑眼圈，脸色也不太健康，给人不太干净的印象。我有些担心他会突然发动攻击，便想拉着狗往别的地方走，但又觉得失礼。而且他手上也拿着狗绳，牵着一只小小的斗牛犬。我想起"爱狗的人不会是坏人"这句其实颇带偏见的格言，便对他打了一声招呼："你好。"我的狗和那只斗牛犬彼此散发着警戒与亲密的气息，互闻对方的体味。

"你好。"男人也点了点头。这个人虽然没什么活力,但似乎尚未丧失心智。"你也存活下来了。"我们虽然是第一次见面,却像是同志之间的打招呼一样。

"彼此彼此,总算是勉强撑过来了。"我回答,"不久之前还有很多猫狗被人拐走,真的很危险。"我看着斗牛犬说。

"它们都被抓去吃了。"他的表情很可怕,却不像是在生气的样子,大概是天生的凶相吧。斗牛犬似乎也露出了愁容,似乎是在说,对呀,真伤脑筋,那些人会把我们都抓去吃。"如果是我的话——"

"如果是你的话?"

"如果我先死了,宁愿让这家伙把我吃了。"

"这真是——"这个预料不及的回答让我吃了一惊,"还真是大胆啊。"

"不过我还没勇气立刻去死,当它的狗粮。"

"你如果这么做,斗牛犬会哭吧。"

"至少会叫一声'汪'吧。"男人说完正要继续向前走,突然瞥了一眼我牵的狗。"皮肤病吗?"他问。

"什么?"

"那只狗的脖子和腹部都起了红红的疹子,好像很痒的样子。"

他这么一说,我才想到这只狗常常灵活地抬起脚摩擦脖子和腹部。我蹲下来,把项圈旁边的毛拨开,果然看到一粒一粒的红色疹子。"这个应该怎么办——"我抬起头问,但男人和斗牛犬都已经不在眼前了。他们消失得很突然,就像被地面卷起的一阵风吹走了一般。我站了起来，左右张望了一下，却连影子都没看到。

不知何时，狗绳已经脱离了项圈。

大概是因为金属扣环松掉了吧？当我发现时，已经太晚了，那只狗以惊人的速度飞奔，不知是想要享受从锁链解放的自由，还是急于逃离我的掌控。它沿着道路直线往前冲，离我远去。

怎么办？伫立在原地的我有两个选择：是跟在后面追它，还是不管它直接回家？我没考虑太久便迈步奔驰。如果是真正的主人，就一定会去追它。

路的尽头有一处杉木林，看起来有些阴森，让人望而生畏，但我还是毫不犹豫地跑进去了。树林中有一条被踏平的小径。进了树林，清晨的阳光被树叶遮住，四周变得一片阴暗。高大的杉树每次一摇晃，地面上交错的树影就会随之颤动，再加上头顶沙沙的树叶声，周遭的一切似乎都在对我发出警告。我双脚发软，但还是拼命奔跑。我忙着四处张望，高喊："狗，狗！"

地面上不时可以看到背包、垃圾袋和纸箱。我刻意回避视线。虽然时局逐渐恢复平静，然而末日逼近的世界绝对不可能井然有序。森林里一派阴暗，毫无秩序可言。治安仍旧混乱，垃圾也持续增加。破洞不会有补好的一天，事情就这么简单。

我在地势偏低的一处褐色混浊的水池旁找到了狗。我当时刚好站在高处低头俯瞰，那只狗的身影便出现在我的视野当中。

当我跑到它身边，狗正将鼻子贴在地面上来回走动。水池周围的地面上有许多失去原来面貌的厨余垃圾和腐坏的木头，它大概是被那些气味吸引吧。以我的鼻子闻起来只是令人作呕的腐臭味。我在狗的身旁蹲下来，将绳索系在它的项圈上，这时我发现左手边的地面上有一块布。

我不知道那是什么，没仔细想就伸出左手捡起那块布。沾满泥巴的布片随着黏稠状泥浆的流动声被拉出来。

这是一条粉红色的围巾，毛线有多处脱落了，但勉强看得出来是一条围巾。

"围巾。"我喃喃自语，狗不安稳地乱窜，想要把脸钻到我的腋下。

我想起了在勇也和优希家看到的他们两人母亲的照片。她脖子上围的围巾和这条很像。虽然有可能是我多心了，但也有可能不是。

我拉着狗回到步道上。我感觉身体沉重，而这并不完全是因为走在湿滑的地面上造成的。我感到类似贫血般虚弱，中途休息了几次。阳光虽然从杉树间的缝隙透下来，我却觉得自己仿佛走在黑暗中。

看到狗用脚搔脖子，更让我感到忧郁。

即使找到了围巾，我也无法判断是否应该把这件事告诉勇也他们，也无法让狗不再发痒。我什么都无法办到，虽然装成母亲或装成主人，但终究不过是在玩扮家家酒，根本没有尽到重要的责任。想到这里就让我对自己的无能感到伤心。原谅我——我很想依靠某个人，却连乞求原谅的对象都不知道在哪里。

7

"假如说，"我又呆呆地坐在早乙女婆婆家的外廊上，对着正在修剪庭院树木的早乙女婆婆的背影说，"如果得知了一件残酷的事，到底应该告诉相关人还是隐瞒在心底呢？哪一个才是正确答案？"

即使听到我唐突地问起这种问题，早乙女婆婆也既不生气也不困惑。她手上拿着园艺剪刀，缓缓地转向我，微笑着问："发生什么事了？"

"举个例子，"我不敢老实说那个事实，"如果饲养的猫不见了，结果发现它在附近的路上被车撞死了，这种时候应不应该告诉自己的孩子呢？"正确地说，死的不是猫，而是母亲。

"你有小孩吗？"早乙女婆婆笑着说，"这个嘛，我也不知道，都可以吧？"

"都可以？"真不负责任。

"两个都是正确答案。"早乙女婆婆在我身旁坐下，她轻轻喊了一声"欤咻"，缓缓地将臀部降低落在地板上，"你如果仔细想过怎么做才是对孩子最好的，而且下定了决心，那就是正确答案了。至少我是这么想的。外面的人会有种种批评，但是实际做出决定的人才是最伟大的。"

早乙女婆婆眯起眼睛笑着说，她其实不懂园艺，不过她虽然是个外行人，却全心投入地去做，所以即使失败了，让植物枯萎，也会告诉自己不要后悔。她也说，她知道这或许只是自我满足而已。"所以关于我儿子带着孙子离开的事情，我也试着说服自己，那是他拼命思考之后得到的结论。至少我这个老婆婆是这样想的。"

"这样啊。"我附和她的说法。沐浴在早乙女婆婆所散发的安详光芒中，我几乎要打瞌睡了。早乙女婆婆的儿子夫妇之所以没有带她一起走，大概是惧怕到了青叶山之后，在早乙女婆婆温和的力量影响之下，他们无法下定决心从桥上跳下去吧。

"婆婆，你可以原谅你的儿子他们做的事情吗？"我突然这样问，但这时早乙女婆婆已经不在我身旁了。"婆婆？"我小声地呼喊，但房间里没有回应。室内的静寂让我感到恐怖。

人们一个接着一个从舞台上消失。

最近我常做这样的梦。即使是醒着的时候，我也会突然产生类似的恐惧，因此与其说是梦，不如说是幻想吧。在梦中，其他演员丢下仍旧在舞台上演戏的我，一个接着一个地消失了。光线逐渐变暗。有的演员滚落到观众席，有的从舞台两旁退到后台，只剩我一个人四处徘徊，不知道该在什么样的时机离开舞台。我甚至怀疑那些演员抛下我移师到了其他地方，愉快地举行庆功宴。"原谅我！"当我喊出这句话，舞台变成全黑一片，我自己也消失了。

我听到很大的声音，同时地面产生震动，整栋房子都在摇晃。纸门也发出喀哒喀哒的声音。

我连忙跑到客厅去看是怎么一回事。婆婆？我喊了一声,但没有回应。一定是在二楼。我没有看到早乙女婆婆上二楼,因此感到有些意外。我大步爬上楼梯,看到早乙女婆婆倒在正对楼梯的房间。"怎么了!"

早乙女婆婆双脚弯曲倒在地毯上,旁边滚落着一个小凳子。我抬头一看,高处的壁橱是打开的。她大概想要拿东西出来,不小心摔倒了。我跑到早乙女婆婆身旁,她没有失去意识,只是正扭曲着脸说着"好痛",看到我便说:"真不好意思。"

"不要紧吗?"我边问边将她扶起来。

"我真的是老了。"她苦笑着坐直上半身。接着她立刻摸着背部呻吟,露出痛苦的表情说:不知道是不是扭到筋了。

慢慢来,慢慢来。我边替她打气边让她改变姿势靠到墙壁上。

"你到底想要做什么?要拿东西说一声,我可以帮你拿啊。"我抬头看着壁橱。

"伦理子,你常常来看我,我觉得有些过意不去。跟我在一起也很无聊吧?所以我就想找找看有没有录像带或是扑克牌。"早乙女婆婆有些不好意思地笑了一下。她的口中缺了几颗牙。

"怎么可能会无聊呢!"我轻轻拍了早乙女婆婆的肩膀说。我虽然装出笑容,心里却感到自己大概还是不行吧。虽然装成孙女的样子,但双方其实都有些勉强。"如果是真正的家人,就不会担心对方会不会无聊了。"

早乙女婆婆听了笑着回答:"没这回事。不管是对儿子或对孙子,我都很在意他们的想法,挺麻烦的。"

门铃响了。我和早乙女婆婆面面相觑。"谁呀?"
"不知道。"
"会不会是以前来过的那个方舟什么的。"之前曾经有两名年轻的男子造访这里,进行很奇特的宣传:"我们正在招募方舟的乘客。"他们穿着陈旧的黑色西装,对早乙女婆婆滔滔不绝地作着说明,在我眼里看来就像是专门针对老年人的强制推销,便连忙插入问:"你们的目的是钱吗?"
"都到世纪末日了,你想还会有人为了金钱而行动吗?"
"那是为了什么?"
"为了新世界。"
"所以是宗教啰?"
"我们会把这个词当作赞美。"
男人很自然地这样回答,看起来似乎也颇有诚意,但是我到最后还是搞不懂他们的用意是什么。"搞不好这场小行星骚动本身就是一场规模庞大的骗局,制造这样的状况让人们感到不安,有心人士就可以趁机大捞一笔。"事后我发挥想象力这么说。
"那还真是设计周到的诈欺手法。"早乙女婆婆感叹地说。
正因为曾发生过这种事,所以这回也认定是那时的男人又来了。"你等一下。"我让早乙女婆婆留在原地,走下一楼打开大门,想把对方赶走。

然而站在那里的却是亚美。我感到惊讶,也无法了解状况,只能无言地看着站在眼前的亚美。我差点脱口而出"欢迎光临",但还是问她:"你怎么知道这里?"

"我来了。"亚美似乎感到有些愧疚,却又显得心满意足,简直就像是真正的妹妹。

8

"因为姐姐总是显得很忙的样子,我很好奇,想要知道你不跟我在一起的时候都在做什么。"我还没继续问,亚美便迅速接着说:"你在做什么?这里是谁的家?"她伸长脖子,想要窥视屋里,"老实说,我上次碰巧看到姐姐走进这个家里。你说过你已经没有家人或亲属了,所以我很好奇你是去谁家,也有些期待,心想搞不好是男朋友,所以就来了。"

"喂,"我只能苦笑,"你竟然光明正大地按门铃进来,真是了不起。"

"可是如果从院子里偷窥,看到姐姐和男朋友光着身体做那档子事,不是很难为情吗?"

"如果正和男朋友光着身体做那档子事,有人按门铃也会感到很困扰吧?"我耸耸肩,告诉她这里是一位姓早乙女的老太太家。我因为和她很合得来,因此时常到这里作客。

亚美听了便快活地说:"我也想要和她认识。"她还说自己一定能跟婆婆合得来。

"老实说，刚刚早乙女婆婆在二楼摔了一跤，情况很严重。"

"那可不行。"亚美的动作很快。她脱下鞋子，迅速走进房间，在我还来不及反应的时候就走上楼梯。我也立刻跟着上楼。

"哎呀，又有年轻人来了。"早乙女婆婆看到亚美，没有显出惊讶的样子。我向她解释她是住在同一栋公寓的邻居，顺道到这里来造访。

"真是辛苦你了。"早乙女婆婆点点头，想要站起来，却皱着眉头说了一声"好痛，最近背一直在痛"。

"我帮她按摩都没用。"我说。

亚美听了拍着手说："对了，我们那栋公寓好像住了一个按摩师。"

"真的？"

"嗯。应该是。我们请那个人过来吧，姐姐？"亚美歪着头说。

"他肯来吗？"

"更要命的是，我不确定那个人是不是还活着。"亚美笑了笑，又说："我去叫他吧。"说完便跑出去。

她的动作太过迅速，让我完全来不及插嘴。"她叫你姐姐，是你的妹妹吗？"早乙女婆婆以好教养的口吻问。

"就像早乙女婆婆是我的奶奶，她也是我的妹妹。"

这样啊！——早乙女婆婆高兴地回答。

过了三十分钟左右,门铃又响了。我让早乙女婆婆靠在我的肩膀上,勉强走下一楼。我拿椅垫当枕头,让早乙女婆婆弯着腰横躺在地上。她说这个姿势会让她舒服一点。

"亚美?"我走向大门,"你带按摩师来了吗?"

我打开门,眼前除了亚美还有其他几个人。我不禁目瞪口呆。"为什么?"过了好一阵子,我才能开口问。

"咦?伦理子,你怎么会在这里?"站在亚美身旁的一郎问。

"真的耶,是假妈妈。"勇也附在优希的耳边说。

"是跟我一起去散步的人!"狗摇摇尾巴,像是如此说。

9

这到底是怎么回事?我的脑子里一片混乱,只能这样问。亚美惊讶地问:"原来你们认识?"接着她指着一郎说:"这个人是按摩师。"

"与其说是认识……"我不知道该怎么回答,一郎却毫不犹豫地说:"她是我的现任女朋友。"听到他这么说,我相当惊讶,胸口像是有一颗球弹起来般兴奋。我没想到他会立刻回答说我是他的"女朋友"。虽然这项意外的惊喜让我有些困惑,但我还是开口问一郎:"你会帮人按摩?"

"和平的时候。"他有些害羞地说,"那是我的工作。"

"妈妈,咪咪回来了。"勇也从旁插嘴。

"咪咪？"

"你看。"勇也稍稍举起系在狗项圈上的绳子。

我惊讶地问："你是指这只狗？"

"没错，它就是咪咪。我们刚刚走在外头，看到它在路上闲晃。对不对？"勇也说完，优希也点头附和："对呀。"

"我刚刚回到公寓，看到这两个小孩。"亚美解释。她前往一郎房间的时候，看到勇也他们站在我的房间外。我连忙检查一下狗的项圈，发现金属扣环松掉了。它脱离了居酒屋的仓库，总算得以与原来的主人重逢。

"狗狗回来了，所以我们就想报告一下。"勇也似乎是这么对亚美说的，亚美便一口答应要带他们去见伦理子。

之后她又去邀一郎，所有人就聚集在这里了。

"怎么搞的？"我依旧深陷在困惑的沼泽中，脑筋也迟迟转不过来，感觉就像脑中的滑车、齿轮和所有零件都沾满泥巴，无法正常运转。

"真热闹。"我听到早乙女婆婆在背后说，"请他们进来吧。"

说得也对——我还没回答，大家就开始脱鞋子了。

10

一郎的按摩看起来相当专业，也似乎很有效果。他缓缓移动早乙女婆婆的身体，试探她的状况，依序按压背上的穴道。早乙女婆婆俯卧在地上,满意地发出呻吟。

我坐在椅子上,看着按摩的场景,心中感叹专家的技术果然不同,也觉得这群人的聚合真是奇怪。虽然只是偶然,但最近与我有来往的人齐聚一堂了。"下次也帮我按摩吧。"我说。一郎回答:"就因为这样,我才不想告诉你我是按摩师。"早乙女婆婆笑了。

亚美坐在外廊,看着系在廊外的狗。我以为她只是在逗狗玩,但事实上并非如此。她走到我身边,告诉我:"姐姐,那只狗皮肤上起了疹子。"

"对呀。"我感觉到了罪恶感。

"把发疹部位的狗毛剃掉,拿药用洗发精帮它洗澡,或许能治好。要不要试试看?"

"啊?"

"我本来是要当兽医的。"

"什么意思?"

"没别的意思,就是兽医。"亚美指着自己,清晰地发音。接着她又说:"我房间里应该还有一些药。"我从刚才就被一连串惊奇搞得糊里糊涂,但仍拜托她:"你一定要治好它。"亚美笑着点点头,接着她的表情蒙上一层阴影。她说在世界陷入混乱的时候,她曾对许多猫狗见死不救。"这样啊。"我只能如此回答。

"我没办法原谅自己。"亚美露出自我厌恶的表情,我也感到一阵心痛。

我知道自己无论说什么都只是口头上的安慰罢了,但还是对她说:"虽然这种说法不太负责任,不过让我来原谅你吧。"

"死掉的猫狗一定在生气,叫你不要随便原谅我。"

"我原谅你。日后,亚美也要同样地原谅某个人。"我不知不觉地脱口而出这句话。"不过怎么会有人替狗取名叫咪咪!"我夸张地叹息。

就在这个时候,楼梯处传来急奔而下的声音。勇也和优希面带兴奋的表情跑过来。

他们站在我的面前,将手中的盒子伸向前,对我说:"妈妈,你看,这是从上面的壁橱掉下来的。"

"你们不可以随便拿别人的东西。"我虽然这么说,但还是看了看盒子,接着情不自禁地惊叫出来。一卷录像带装在录像带出租店专用的盒子里,上面的标题正好是那部超人影集的最后一集。"怎么这么巧!"

"太棒了。"勇也和优希似乎丝毫不感到奇怪,高兴得手舞足蹈。他们蹦蹦跳跳地跑到早乙女婆婆跟前央求:"婆婆,拜托,我们可不可以看这卷录像带?"

"好啊好啊。"早乙女婆婆边接受按摩边回答。她稍稍抬起头,笑着说:"那卷录像带是我忘了还的。"她还说,那是几年前外甥的孩子来玩的时候借的。"没有拿去还,好像不太好意思。"

"不,拿去还会被店里的人骂,还是继续装傻吧。"一郎边揉着她的背边说:"假装不知情好了。"

早乙女婆婆呵呵地笑了。

这时我心中擅自决定,既然如此,干脆大家一起住在这个家里好了。虽然不是群星聚会,不过如果余下的演员都能在这里饰演家人,直至舞台消失,那也是一件相当奢侈的事情。

我想起最近常常纠缠我的那个噩梦——每个人都从舞台上消失的那个梦。和那样的孤独相比较,眼前热闹的情景可以称得上是至上的幸福。

我正在思索该如何提出这个建议,不经意地瞥了一眼勇也打开的电视机。他正打开录像机准备播放录像带,我注意到电视画面,不禁大喊:"等一下!"

勇也和优希惊讶地回头看我,但我不管他们,凑到电视机前面观看正在播放的节目。

末日骚动带来的混乱局势当然也影响到了电视台。因此,从六年前开始,有很长一段时间,电视节目都停止播放了。不过到了最近却逐渐有一些节目重新播放。虽然大多数时间都只有杂音和噪声,不过偶尔也像是兴致来了般开始播放新闻。不知是因为电波异常还是小行星的接近影响到卫星信号,电视上有时会出现国外的电视节目。这种情况虽然不常见,不过此刻出现在我面前的电视节目似乎正是如此。

画面上有两个外国人,站在右边留着胡子的男人拿着麦克风,看上去应该是采访记者。而让我目不转睛凝视的则是坐在他左边的男人。

那个男人有一张黝黑的圆脸,眼睛凹陷,皱纹虽然增加许多,但正是那位印度明星的脸孔。"怎么了，妈妈？"勇也问。

"等一下。"我拜托他。

和高中时不一样的是，我现在已经能听懂简单的英文对话。这次可以不用依赖字幕了——我拼命辨别掺杂着杂音的声讯，惊讶地发现这不是在回放以前的录像，而是正在采访现在的变色龙先生。

"听说你离开演艺圈之后，一直住在乡下。"简单地说，这位采访记者是印度裔演员的超级粉丝，想在世界末日来临之前再见他一次面，便拿着摄影机到他所在的乡下小镇。我虽然觉得这是公器私用，但并不会因此而指责这位记者。

"我现在过着自给自足的生活，老实说，你这样突然跑来，给我带来很大的困扰。"演员有点恼怒地回答。他低沉的说话方式仍旧和我崇拜他那时候相同，让我感到好高兴。

记者的第一个问题是："距离小行星冲撞地球的世界末日只剩下两年半了，你现在的心情如何？"

演员的反应令人不敢置信，甚至显得有些傻气，让我不禁感动地想到：能够与世隔绝到这个地步也挺伟大的。因为太感动了，我决定原谅被这位演员感动而定下人生方针的自己，以及即将冲撞地球的无礼的小行星。

这位演员听到记者的问题，一脸正经地回答："什么？骗人！小行星要冲撞地球？是真的吗？"

你不晓得吗——记者惊讶得差点晕倒，电视机前的我也差点晕倒。

深海支柱

1

很有趣——樱庭先生说。我站在柜台后方接过录像带，将条形码扫描仪贴上，回答他："真是太好了。"

五天前，他问我有没有什么好看的电影，我便推荐他这一部。对电影的喜好，每个人都不一样，即使我推荐自认为"经典名作"的片子，对方看完之后的感言也可能是"我不太懂这有什么有趣的地方"。

"这部片真的很有趣，我太太也很喜欢。"

"孩子快出生了吗？"

"已经过了预产期，随时都可能来。"

可能来——这样的表现方式满好笑的。他的太太正在怀孕。

"我们本来以为不可能生小孩了。"半年前，樱庭先生有些不好意思地对我说，"老实说，这比小行星事件更让我惊讶。"

"很抱歉,您太太临盆之前,我还推荐跟外星人肉搏战的电影。"我才感到愧疚。

"不,这部片真的很好看,我太太看了三次,我睡觉的时候她也在看。"

"真的?"我虽然感到高兴,却也怀疑这种影片似乎没有重复看三次的必要。

樱庭先生又在店里待了一阵子,拿起录像带的盒子阅读剧情简介,也笑着提起他太太最近玩黑白棋的功力大增。他大概是时间多到没地方花吧。再过两年左右,小行星就要冲撞地球了,"时间多到没地方花"这种话听起来就像是在开玩笑,但的确也没有什么特别的事情可做。

"下次足球比赛,你来吗?"我问樱庭先生。

"我担心在踢足球的时候,她阵痛就来了,所以还是算了吧。"

樱庭先生有点娃娃脸,耳朵很大,平时个性温和,对年纪较小的我很有礼貌,但是一旦到了足球场上,就会展现惊人的球技,变身为突破敌方防卫得分成功的前锋。

"我之前就想问你,"樱庭又走到柜台前,"渡部,你是在几岁的时候开始经营这家店的?"

"我是在二十岁的时候从前一任店长那里继承这家店的,所以是七年前。"

"二十岁就当店长?真厉害。"

"没那回事。我十九岁到仙台的时候,就是在这家店打工。当时的店长已经很老了,他大概很中意我的表现,就对我说:'你要的话就给你吧。'"我笑着说。这种事听起来很像开玩笑,却是真的。

"你在那样的情况下就能立刻做出决定,真的很令人羡慕。"樱庭先生感慨地说。他常抱怨自己优柔寡断的个性。

"我是个很随便的人。"我低头说,"什么事情都会立刻下决定——不论是到录像带店工作还是结婚。"

"真羡慕你。对了,你女儿的出生是在——"

"刚好在小行星的消息传出之后。"

"我可以问你一个私人的问题吗?你当时有没有烦恼该不该把孩子生下来?"

"我没有仔细想过。"我老实回答。樱庭先生又露出深深感慨的表情:"真羡慕你。"他叹了一口气。

"可是老实说,录像带这种东西已经停产了,使用的人也越来越少。我没想到世界末日真的会来临。我的决定可以说全都很虚无。"

2

"来了,来了。啊,爸爸,你回来啦。"我打开公寓的门,女儿未来正好跑向前。

她已经快六岁了,手中拿的苍蝇拍显得格外巨大。她沿着走廊跑过来,在鞋柜前方转弯,进入洗手间。

"阿修,你回来了。"太太华子也看到了我。她的右手拿着一罐杀虫剂。"未来，等等。"她边喊边走进洗手间。

我脱下鞋子，到了走廊上，窥视了一下洗手间。"未来，用杀虫剂吧，用杀虫剂。"华子拼命说服未来。

大概是那种昆虫又出现了吧。我心想。那种光滑、扁平、行动灵活的昆虫又出现在洗手间，所以她们准备去应战。

如果使用苍蝇拍，昆虫就会被压扁，黏在地板或墙壁上，因此华子才会想要极力避免物理性的攻击，采取化学性的杀虫剂攻击。未来把苍蝇拍视为玩具，喜欢拿着它乱挥，因此偏好物理性的攻击。

"未来，那样太野蛮了，用这个。"华子拼命说服她。

我心中感到疑问：杀虫剂应该更野蛮吧？我穿过走廊，来到客厅，看到父亲躺在沙发上。他穿着深蓝色的运动衫和白色短裤，看起来很邋遢。他看了我一眼，粗鲁地打了一声招呼："喂。"他脸颊凹陷，眼光锐利，虽然已经七十多岁了，力气和体力却相当充沛，甚至让我差点忘了他比我年长。

"爷爷，我打死它了。"未来回到客厅，挥动着手中的苍蝇拍。

"是吗？你打死它了？"父亲抬起上半身回应。

华子也来到客厅。"那只虫的生命力真强。"她感叹地说，"感觉好像死了都不会死一样。"

"死了都不会死！死了都不会死！"未来应该无法理解这句话的含意，却挥舞着苍蝇拍高声附和。

"我猜呀，即使陨石撞上来，那些家伙也会留下来。干脆把它们全部聚在一起和陨石相撞，搞不好还能把陨石弹回去。"父亲露出牙齿笑着说。

"与其看到那种景象，我宁愿让陨石撞上来。"华子苦笑着说。

"未来想看！未来想看一大堆蟑螂一起飞的样子。"未来说出令人毛骨悚然的话。

"你如果当个乖孩子，就能看到了。"父亲竟然还这样哄她。我和华子面面相觑，都皱起了眉头。

晚餐是鲑鱼罐头和莴苣色拉，每人一碗米饭。四个人坐在餐桌前细细品尝这些食物。

从厨房通往餐厅的地板上堆放了许多纸箱，里头装的都是罐头和微波食品。那是六年前我和华子去超级市场拼命搜刮的货物，还有去年我和父亲潜入仙台港附近仓库弄到手的东西。虽然从盗取东西的人口中说这种话很奇怪，不过街上的治安到了去年的确改善了许多，甚至让人感觉有些诡异。

"爸爸，瞭望塔快要建好了吗？"华子问父亲。

"瞭望塔！瞭望塔！"未来高兴地重复。

"快好了。"父亲张开斑白胡须围绕的嘴巴，撑大鼻孔，露出了笑容。

父亲直到两年前都住在山形县。母亲在我高中时就过世了，因此他应该很习惯一个人生活。世界末日逼近之际，时局虽然混乱，但我并不替他担心，因为父亲本来就是遇到麻烦会更有活力的那种人。但是后来他的邻居自暴自弃烧了房子，父亲的家也受到波及，全被烧毁了，只好请他搬到仙台来住。

我一开始主张"我绝对不想和那种麻烦的家伙一起住"，但太太华子却一再对我说："请他搬来住吧，阿修。他一定会很高兴的。"我只好勉强答应。

华子的双亲在小行星骚动开始后不久，因在百货公司前面排队时被卷入人踩踏惨剧而不幸丧生。也因此，当她说"阿修的父亲还活着，你有义务要孝顺他"的时候，很具有说服力。

"华子，你只见过我父亲一次，所以可能不知道——"

华子和父亲只在结婚典礼上见过面。当时参加的宾客只有家人而已。"我老爹不是那种会因为儿子孝顺而感到高兴的可爱老人。"

华子理所当然地把我这句话当作开玩笑，但是当父亲搬来不到一个月之后，她便承认我说的是实话。"阿修，你说得没错，那个人真的是怪人。"

父亲搬来"山丘城镇"不久，就开始在顶楼搭建瞭望塔。在这之前，他擅自拿了店里的录像带去看，看完之后说："陨石撞到地球，好像会发生洪水。"

"嗯，的确有一部这样的电影。"我回答，"那又怎样？"

"不止仙台市中心和海边，连小丘上的这座小镇，还有这栋公寓，都会被海啸淹没。这里也会沉入深海底部。"

"有可能。"我很久以前看过父亲提到的那部影片。片中小行星冲撞地球后引发的洪水相当具有破坏力，让人看了毛骨悚然。

"洪水来的时候,我希望可以撑到最后一刻,所以我打算在屋顶盖一栋瞭望塔。"父亲揉揉鼻子,一副趾高气昂的样子,"我想坐在比别人高的地方,看着大家被海水吞没。"

"这个想法真有意义。"我的语调中充满讽刺,他却点点头说:"我就说嘛。你也这么想吧?"

在那之后,父亲只要一有时间就到顶楼,搬来不知在何处找到的木材,拿着锯子和绳索搭建瞭望塔。

"你希望的话,我也可以帮你们留个位子。"父亲咬着莴苣这么说。

"不用了。"我立刻回答。

"我想也是。"

"爸爸,今天妈妈到别的地方去了。"未来用叉子敲着餐桌,突如其来地这么说。

"到别的地方去了?"我不懂她的意思,看了华子一眼。华子显得有些尴尬,摸摸未来的头说:"我不是说这是秘密吗?"

"没错,秘密。"未来大声地说,"她秘密跑到别的地方去了。"

"我只是刚好和一楼的藤森太太一起出门而已。"

"出门?去哪里?"藤森太太是一位和蔼的妇人,一家四口仍留在公寓里。

"不是什么特别的地方。"华子似乎不打算进一步说明。我也许应该当场执拗地追问:"你去哪里做了什么?"但我觉得追究下去似乎不太好，便没有继续问她。也许我只是想要显示自己在这样的时局之下仍旧能够保持冷静，因此我只说了一声"哦"，假装没有兴趣的样子。

3

连续下了两天雨，地面虽然有些湿滑，不过河边足球场的排水系统做得很好，因此可以如常地举行比赛。我们以三分取胜的赛制进行了两场比赛。

"没想到大家都来了。"我坐在足球场边的长椅上，坐在旁边的土屋先生对我说。

"活动身体的时候可以忘记不愉快的事情，对大家来说是好事。"我回答，"反正也没其他的事可做。"

"半年多过去了，人数没有减少，感觉真高兴。"土屋先生望着在场边休息的其他队员，低声地说。

我们是从去年秋天开始定期举行野外足球比赛的，但没想到最初参加的球员都留下来了。十二个人可以进行六人足球赛。今天因为樱庭先生不在，每队减为五人，由多出的一人轮流担任裁判。总之，半年多来，这些球员都留下来了。

"土屋先生，听说你高中的时候是足球队队长。"我以前曾经听樱庭先生说过，便趁这个机会问他。

"樱庭真是多嘴。"土屋笑着说，"很意外吧？"

"我可以理解。感觉土屋先生很有人望。"事实上,在野外足球的比赛中,身为守门员的土屋让人感觉相当可靠。不止是技术高明而已——他虽然不会很啰嗦地主张自己的意见,却能够成为全队的精神依靠。"有他在,就会觉得很安心,好像这世界上没有任何比赛是赢不了的。"樱庭先生曾经这样说过。他提起了精神支柱这个词之后,又把它翻成半吊子的英文:"精神的 Pole[①]。"

土屋先生笑着说:"我哪有什么人望!而且我很不习惯受人仰赖。"他搔了搔额头,"基本上,守门员必须有队友的帮忙才能得分。就这一点来看,应该是我仰赖大家才对。我只能在罚球区内走动,祈祷队友得分。所以我很喜欢那句格言——"

"格言?"

"尽人事听天命。"

"队友得分算是天命吗?"

"也可以改成尽人事等陨石。"土屋先生的语调不像是在开玩笑,比较像是勇敢面对困境。

"我也希望能这么想。"我看了一眼土屋先生的侧脸。他的脸方方正正的,五官的轮廓很深,清澄的眼神相当锐利。

"我并不是很怕死。"土屋先生突然这么说,这句话不像是在逞强,他凝视着球场,看上去相当有威仪,就像一名主将在欣赏暂居劣势的比赛,"比死更可怕的事还有很多。"

[①] Pole 有支撑、支柱之意。

"嗯。"我虽然这样回答,但并不真正了解他的意思。可以确定的一点是,土屋先生直爽的口吻中完全没有恶意或虚荣的成分。

"对了,听说你父亲很特别。"土屋先生突然冒出这么一句话,"我是听富士夫说的。"富士夫是樱庭先生的名字。

"樱庭先生真多嘴。"我也说,"我真拿我那老爸没办法。他要在公寓顶楼搭瞭望塔。"

"瞭望塔?"

我对他说明,他想要搭一栋瞭望塔,坐在最高的地方欣赏洪水。"总之,他真的是个怪人。"

土屋先生愉快地听我说完,又说:"被怪人抚养长大的你却是个普通的青年。"

"我曾经在心里发誓,绝对不要变成父亲那种人。"事实上,我之所以在高中毕业之后来到举目无亲的仙台,开始独立生活,也是因为担心如果继续和父亲生活下去会无法摆脱他的影响。

大家一个接着一个回到球场上,来回传球或练习射门。

我们通常在一场比赛结束之后进入休息时间,体力恢复过来的人先开始活动筋骨,等到大家差不多都准备好了,再重新开始比赛。有时候会猜拳决定新的上场队员,有时候会维持原来的队形为刚刚过去的比赛复仇。每次都是这样,依场上的气氛和心情来决定,虽然规则暧昧不明,但我反而喜欢这种做法。

"小行星掉下来的时候,将死之前,不知道是什么样的感受。"我突然提出心中的问题。土屋先生的表情像是在眺望球场上浮起的海市蜃楼般。"大概一瞬间就结束了吧。"他说,"或许会很惊慌,不过一定会很快失去意识,连自己已经死掉都不知道。"

"我讨厌这样。"我老实说。

"讨厌?"

"我很害怕自己再也无法思考。譬如,我没办法想着:啊,原来我已经死了,对不对?我会觉得那样很可怕,也很讨厌。"

"是吗?"土屋先生感觉就像站在球门前时一样,给予人安全感。不知是否因为如此,我很自然地脱口承认:"老实说,我以前曾经很想寻死。"

土屋先生无言地看着我。

"为了很常见的理由。"虽然没人问我,但我还是继续说下去,"那是在我念初中的时候,班上有一个同学被人欺负。那也是很常见的情况。"

"嗯。"土屋先生露出苦涩的表情,"无论小孩或大人,都在欺负人或被人欺负。到处都有这种事。"

"我一开始假装没看到,因为如果扯上关系,连我都会被牵连。"我搔搔头说,"只有一次,我一时兴起,大概是因为被罪恶感驱使吧,我出面庇护了那位同学。真是疯了。"

"所以接下来就换成你被欺负了?"土屋先生眯着眼睛说。

"没错。也就是说,对象是谁根本不重要。"

"所以你才想寻死?"

"因为情况真的满严重的。"我不打算详细说明,也不想要回想起当时的事情,我吐了吐舌头,"我当时还想,如果这么痛苦的话,干脆死了,或许会好过一点。"

"可是你却没有死。"

"土屋先生,如果有人问你:'为什么不能自杀?'你会怎么回答?"

"谁会问这种问题?"

"譬如说,自己的孩子。"

土屋先生听我这么说,一瞬间显出困惑的神情,但随即高兴地说:"我儿子绝对不会问我这个问题。"他的眼角挤出了皱纹。

我不明白这句话的意思,也不知道该如何反应。

"不过如果他真的这么问,大概会很麻烦吧。比'为什么不能杀人'这种问题更麻烦。他一定会主张,自己的性命可以依照自己喜欢的方式处置。"

"真的很麻烦。"我也同意,"不过当时十几岁的我曾经对自己的双亲问了这个麻烦的问题。"

当时母亲还健在,她听了我的告白,哭着说"你很伟大,是欺负人的家伙不好"之类的正当理论,甚至还说出"我可以去杀死他们,你不可以死"这种无理的话。

"还真是让人振奋的意见。"土屋的嘴唇泛起笑容,宽容地说:"真让人感动。"

"我也稍微感动了一下,但还是很清醒地想到,事实上不可能做出那种事。"

"你父亲怎么说?"

"那个人真的是怪人。他首先揍了我一拳。在那之前,他从来没有直接对我施加暴力,可是那时候我却被狠狠揍了一顿。"

父亲看着倒在地上的我,挺起胸膛理直气壮地说:"不能自杀的理由?我才不知道!笨蛋!"接着他又说:"总之,绝对不准你去死!当你战战兢兢地攀登人生的山路时,即使再怎么害怕或疲劳,都没有办法走回头路下山。"父亲口沫横飞地说:"你只能继续爬下去。"

"我就是想不出继续爬下去的理由啊!"

"你以为你是什么东西?我并不是在客客气气地对你提议:请你继续爬下去试试看。我是在命令你爬到能爬的地方!而且啊,当你爬到顶端的时候,从山顶看下去的风景应该会很美吧。"

"把人生比喻为爬山,太陈腐了。"

父亲完全没有动摇:"你听好,我不知道理由。不过你如果胆敢自杀,我就把你宰了!"他的台词矛盾到毫无逻辑可循。

"果然是个怪人。"土屋先生似乎很愉快地点点头,"所以你活到了现在?"

"我不是被父母亲的话说服,只是单纯没有勇气自杀而已。"

"我啊,"土屋先生站起来,拍拍衣服上的沙子,"虽然对大家很过意不去,但是我很感谢世界末日的来临。"他说。

"为、为什么?"我惊讶地问。但他没有回答,只说:"我们家的方针就是,即使活得再难看,也要继续活下去。"

我当然听不懂他的意思。

"渡部,你父亲的看法可以说是一针见血。不是有一本小说叫《只要有光,就要在光明中行走》①吗?套用这个标题,就是'只要有生命,就要继续活下去'。"

"这是什么意思?"

"拼命活下去不是权利,而是义务。"

"义务?"我试着咀嚼这个词的含意。

"没错。所以大家为了生存下去,不惜杀死他人,即使只有自己获救也没关系。我们都必须活得很丑陋。"

"丑陋?"

"即使把别人踢下去,也要尽情忘我地活下去。"

我皱了眉头。"一开始听你说还觉得满有道理的,可是这么说又觉得太过现实了。"

"那当然。这本来就是很讨厌、很现实的话题。"

比赛又开始了。我和土屋先生被分在同一队。开球后不久,我在中场附近接到球,绕过两名敌方球员,踢进了决胜球。即使只是小小的野外球赛,可是看到自己踢的球飞入球门的那一瞬间,还是会让我感到非常快乐。时间的流动仿佛变得缓慢,我能清楚地看到球射进去的轨道。

---

① 此为托尔斯泰的短篇小说。

赢了，赢了！回到原位的时候，土屋先生凑过来说："你如果在初中的时候死掉，就没有这一颗致胜球了。"他高兴地拍拍我的肩膀，"太好了。"

的确——我笑着回答。

4

"这还真厉害。"我很难得地爬到顶楼去看父亲正在搭建的瞭望塔。周围散落着木头和钉子，还有大小不同的三把锯子。瞭望台很大，底部约两米见方，以四根木材为脚座，木料之间都嵌上了斜撑杆。

我抬头仰望，父亲已经爬到十米左右的高度，正在柱子上绑绳索。

他以前就擅长做这类木工。虽然说只是假日木工，但他时常特地请假在家锯木头钉钉子。平时粗枝大叶、喜欢说些抽象理论的父亲，只有在木工活上才会展现细心的一面。这一点，我以前就感到不可思议。

我仰望了五分钟左右，父亲才爬下来。"哦，你来啦。"瞭望塔没有安置阶梯，他灵敏地踩在斜撑木上迅速下来。

"最后会加上梯子的，不用担心。"父亲用大拇指比了比瞭望塔，露出得意的笑容。

"有什么好担心的？"我的回答模棱两可，"照你喜欢的样子去做就行了。"

"的确。"

我们并肩坐在父亲堆在一旁的木材上。

"修一，真难得你会到这里来。"

"你能持续做这件事，真的很了不起。"

"因为除此之外也没有别的事可做，有什么办法？"父亲的口气不是谦虚，而是发牢骚。公寓的顶楼围绕着栅栏，我们坐在木材上，只能透过栅栏间的缝隙看到外面的景色。

"等瞭望塔做好了，视野一定很棒。"父亲自豪地说。

"可是洪水真的会淹到这么高吗？"

"这里会变成深海，整栋公寓都会沉入深海里头。"父亲用鼻子哼了一下如此断言。

我看着栅栏上方白色的薄云。

"你的店呢？"

"待会儿才营业。我刚刚去踢足球了。"我一点儿也不想告诉他先前在河堤的足球场上和别人提起从前的往事突然让我很怀念，想要聊聊过去。"话说回来，老爸，你不害怕吗？"

"怕什么？"

"怕死。六年前小行星冲撞地球的消息公布之后，你始终都没有显出害怕的样子。"

"嗯，的确。"

"我说想要自杀的时候，你还发了那么大的脾气，现在却什么都不说。"

"现在已经无处可逃了,所以也不能说什么。"

"真搞不懂你这是哪门子理论。"我耸耸肩,"你难道从来没有害怕过吗?"

"有。"父亲的回答相当迅速,我不禁转过头看着他的眼睛。"骗人!什么时候?"

"就是那个——"父亲难得有些迟疑,挠了挠后脑勺,皱着眉头苦涩地说:"就是政子参加奇怪的集会的时候。"

"你怕那个?"

"当然了。"

当时的事情我记得很清楚。应该是在我念高一的时候吧。我的自杀问题已经解决,距离母亲的意外死亡尚隔一段时日。这样想起来,我们家似乎不曾有过安宁。

老家所在的山形市曾经流行过奇怪的宗教团体。那个团体完全没有传统宗教所应具备的庄严与谦逊,每次聚会时,都是由主办人高喊激昂的口号,信徒则虔诚恭听,购买商品,以加强彼此的联系。

他们并不算违反法律,因此也没有被取缔,但毕竟行径诡异,大部分居民都抱以警戒的态度。"那些信徒都是因为不靠脚踏实地的工作,才会被莫名其妙的东西骗了。"父亲一开始嗤之以鼻。

然而当知道母亲也参加了那些聚会后,父亲生气了。

"我不是生气,只是很惊讶。"此刻在我身旁的父亲老实承认,

"我真的很害怕。"

"可是你却直接跑去他们的聚会场所。"

"因为我很害怕。"

那个团体每个月有两次会借用市公所的大厅召开聚会。从下午一点持续到傍晚六点,在那里举办我们无法理解的狂热活动。

那一天,我跟父亲偷偷跟在母亲后面。"你也一起来。"我在半被迫的情况下陪同跟踪,不过当我亲眼看到母亲从出租车里下来、进入类似体育馆的设施时,心里仍不免有些害怕。

"到底是什么样的人会跑到这种地方?"父亲难得地主动向我发问。

"大概是对人生感到不安、害怕或厌倦的人吧?"

"你的意思是指政子是那种人?"

"也有可能是为了自己的先生而烦恼。"

"我什么时候让她烦恼了?"

"不是'什么时候',而是'无时无刻'。"我无可奈何地回答,但这时父亲已经径自走向建筑,我连忙跟在他后面。

集会已经开始了。我从门缝往里头窥探,馆内排满了铁椅,观众大约有一千人左右。室内的静默让我感到恐惧。里头的气氛具有异样的压迫感,大部分群众都是七十多岁的老人或中年妇女。他们受人摆布,明显处于陶醉与意识模糊的状态中。

母亲就在这群人当中——我正不知该如何是好,父亲已经走进去了。我来不及叫住他,他穿着鞋子走入馆内。

"大家看到你时都惊讶地议论，你却完全没有迟疑。"

"当然不会了。即使在场的那些家伙都生气地跑来攻击我，我也不害怕。事实上，讲台上真的有人在生气，不过我更害怕的是政子会变成我不认识的人。那些家伙只是因为不想爬上山转而想要迂回前进的软脚虾，明明只有继续爬上去这一个选择，他们却想提前下山。那种家伙没什么好怕的。"

"把人生比喻为爬山，太陈腐了。"

当时父亲推开面前众多的椅子时，我不知道他是如何找到母亲的，不过他一抵达母亲所在的位子，就抓住她的手拉着走。信徒们纷纷斥责父亲，对他提出警告，但父亲完全不在意。"不要把我的政子卷入莫名其妙的事件！"他如此怒吼着走回我身边。

母亲因为惊讶与羞愧，脸上露出朦胧的表情，好像不知道发生了什么事，光着脚丫子被父亲拉到外面。"那种奇怪的团体有什么好？"父亲竖起眉头愤怒地说。

"这种奇怪的丈夫有什么好？"一旁的我立刻接着说。这时的母亲终于笑了。

"那时候妈妈是怎么说的？"我并不知道回家后父亲和母亲谈了什么，只知道在那之后母亲就不再去参加那些集会了。

"政子很惊讶。我威胁她'你如果再去，我每次都会去那里拉你回来'。她就说，那也挺麻烦的。事情就这样结束了。"

"真不知道是好是坏。"

母亲一年后死于车祸。我并不知道继续参加聚会能否让她比较幸福。

离开顶楼的时候,我突然想到一件事,便问:"妈妈死的时候,你有什么感受?"我并不是要故意为难父亲,只是单纯地想问,"你说妈妈参加聚会让你害怕,那么她死的时候呢?"

父亲没有生气,也没有表示困惑。他捡起地上的木材,说:"我以前没告诉过你,不过对我而言,最重要的人就是政子。"

我没有回答,继续站在原地,父亲又指着我说:"比你这个儿子还重要。"他笑了,"你生不生气?"

悉听尊便——我无声地回答。

5

"你在做什么?"直到听到有人这么说,我才发现面前有一名客人。我虽然站在柜台前,却一直在抄写屏幕上的名单,因此迟迟没有发觉客人来了。

"哦,你好。"我看了店内的时钟,确认现在仍是下午三点,便这样打着招呼。客人是跟我住在同一栋公寓、比我年长一岁的女性。

"上次那卷录像带还没有归还。"我说。她原本想要租借超人影集的最后一集,却被租出去了。

"那个不用了。"她笑着回答,伸出手中的录像带,那是十年前成为话题的悬疑电影,"我忽然想要看这部片。"

"这是一部杰作。"我操作计算机屏幕,收下租金。

"这些是逾期归还的名单吗?"她看着我手边的笔记本,脸上展露笑容。

"嗯。"我点点头,她之前来这家店的时候,我们曾经聊到逾期罚金的话题,或许是那段对话残留在了我的脑中,我今天拿出好几年没有翻阅的逾期归还名单,"数目还不小。"

"如果这些罚金都收齐了,你会变得很有钱吗?"

"这些名字,我都有印象。"六年前,这家店仍然照常营业的时候,每天早上开店第一件事就是拿出这本逾期名单。面对一长串的名单,我会叹一口气,然后从最上面的名字依序开始打电话,要求对方赶快归还,或是在电话录音机中留下催讨的讯息。那并不是愉快的工作。

"逾期归还的通常都是固定的面孔,大概是个性使然吧。"我指着名单说。

"我也觉得。"她笑了。

"我打过好几次电话,有些人会生气地说'怎么不早点告诉我',有些人会跟我交涉说'我还要续租,这次就放过我吧'。真是各式各样的人都有。"

其中最无法忍受的是,有些客人来店缴清罚金之后,又拿了新片区的录像带说"既然来了,就顺便借这一卷回去吧",租期则是"两天一夜"。我听了心想:"你怎么可能明天就还?"也想告诉对方:"拜托别太相信自己。"果不其然,这些人隔天都没来还录像带,只好再度登上逾期名单。我如果打电话去催促,他们就会显得很不高兴。这样的往来交涉,如今回想起来,也颇令人怀念。

"这个茑原不知道是不是我认识的那个茑原。"她从柜台另一侧看着名单,伸手指着其中一个名字。那是我来这家店之前的记录,借的是《东京物语》和《帝都物语》两部片——这两者很难断定是否具有连贯性或相似之处。

"是你认识的人吗?"

"可能是我的高中同学。这个姓氏很少见。"她似乎在怀念往事,"他的父亲看起来很难相处,好像是警察之类的。"她追溯记忆说,"茑原也因为——那是叫家庭暴力吧?总之他突然抓狂,成了全校的热点话题,后来就退学了。"她再次看了名单,又说:"对了,那位茑原同学的确是这个名字。茑原耕一。他借了这两卷录像带就没有下文了吗?""没有下文"这种说法很抽象,不过我还是回答:"是啊。"

"我们家倒是管得很松,当我说要当演员的时候,我爸妈只说'随你高兴'。"

"每个父母都不太一样。"我边回答边再次检视名单,"他现在还住在这里吗?"

"应该不在了吧?你要上门去收罚金吗?"

"这是迈向富翁之路。"

客人离开之后,我打开"山丘城镇"近郊的详细地图,确认茑原耕一住址的方位。我之所以想要去造访，纯粹因为很闲。

我关了店门，来到街上，正要穿过公园的时候，看到了华子。她和一名中年妇女走在人行道上。我记得曾经见过那位女性，心想她应该就是藤森太太。华子个子娇小，常被误认为比实际年龄小，有时候甚至会被当作小孩子。她和年长的藤森太太走在一起，看起来就像母女。

我跟在她们后面。要去茑原耕一家，必须走右边的大街，我却跟着华子她们弯进巷子里。我脑中想起未来曾经说过："妈妈到别的地方去了。"未来并没有跟她们在一起。

她们下坡的时候，为了减缓速度，上半身保持有些向后倾斜的姿势。我跟她们保持一段距离，这条路上没有岔路，因此不用担心跟丢。走下坡，是一处稍微宽敞的区域。马路对面有一块很大的空地和建筑，我认出那是市民中心。刚到仙台的时候，我最早住的公寓就在这附近。我虽然没有使用过市民中心，但也知道中心内有一座演讲厅。

华子笔直地走向市民中心。我站在电线杆后方观察，被后方走来的男子撞上。我向他道歉，这名留着前发的中年男子瞪了我一眼，快速地往前走。

我在原地站立了一会儿，观望四周，从四面八方都有许多人往这边走来，就像摇滚乐团现场演奏开始前观众陆续聚集到会场的样子。虽然疏疏落落地，但我没想到竟然还有这么多人留在镇上。

这些人走上小小的阶梯，消失在市民中心。我心中纳闷，不知道这是什么样的聚会，更何况自己的太太也是其中一名，更让我感到忧虑。这时一个驼背的女人走过，我便叫住了她询问。

"请问那里今天有什么活动？"我的口吻尽量装作自己只是不小心忘记。

"方舟。"她说完，嘴角浮现了皱纹。我不知道她的表情是在笑、生气或是不高兴，因此不敢堆出客套的笑容，只是老实反问："方舟？"

"他们说，只有被选中的人才能去避难所。"

这时我终于想起，过去曾经有个男人来我的店里说过同样的话。当时我只视之为曾经流行一时的强硬的上门推销或传教方式，再加上那种感觉很像母亲以前参加过的怪异团体，因此立刻把他轰出去了。

"真的有避难所吗？"

"没有的话，大家都会死。"驼背的女人似乎想质问我：难道你想死吗？

我叹了一口气，再次看了市民中心一眼。华子为什么会来这里？我扪心自问。

6

"没想到你会为了这种事上门。"茑原耕一站在门口，听我表明来意之后这么说。他的表情没有太大的变化，显得有些冷漠。我则有些感叹地想：没想到你还住在这里。

"那些录像带是我十年前借的。"比我大一岁的茑原指着我拿来的单子说，"到现在才来要回去，会不会太晚了一点？"

"我想建立录像带出租店的好口碑。录像带还在吗？"

"如果我不住这里了，你怎么办？"

"那就算我走运。"

茑原耕一的家是老旧的木造房子，屋顶上铺着瓦片，门口放了几双鞋子，伞桶中插着三把塑料伞。

"你的家人呢？"

"现在只有我一个人。"茑原耕一说。

"我听说令尊是警察。"

"没错，他是个只顾工作的刑警。"茑原说，"现在也死了，家里没有其他人。"他皱了皱眉头，"你要进来吗？"

"啊？"

"找找看，或许可以找到录像带。"

"找得到吗？"

"哪有人明明跑来要回录像带，却说这种话？"茑原耕一露出不悦的神色，走进屋里。

我连忙脱下鞋子，跟在茑原后方进入屋内。每踩一步，脚下的地板就嘎嘎作响。穿过短短的走廊，前方便是房间和和室。我跟着茑原走入和室。

和室堆放着杂乱的行李，有好几个打开的纸箱丢在一旁，文件、书籍和相簿也散落在榻榻米上。

"你要搬家吗？"

"搬到不会被陨石砸到的公寓？"茑原说完，又狠狠地说："没有那种地方。"他的眼睛充血，眼睑也有些肿，"你以前会不会在考试前才想要清房间里的垃圾？一旦开始整理，就变成大扫除？"

"也许吧。"我笑了。

"这是同样的道理。我一旦开始整理，就停不下来了。一开始是在整理我的房间——"他指了指二楼，"我一直在房间里窝了四年左右。"

没有地方可坐，我只好站在原地环顾整间房间。纸门留下被人踢破的痕迹，天花板上也有一个破洞。

"那是我弄的。"茑原指着天花板说，"就是所谓的家庭暴力。当时的我太天真了。不过这不是我踢破的，是别人。"他指着纸门，在说话的过程中仍继续检查纸箱内部。

"谁？"

"三年前，有一群人闯了进来。我老爸是警察，大概招惹了不少人吧。"茑原脸上的表情没有太大的起伏，板着一张扑克脸看着我，"街上的治安不是一直很糟糕吗？其他警察都逃走了，我老爸还是想要设法平定乱象。他曾开过枪，还用柔道将暴徒摔出去，试过不少方式，大概觉得这是他该尽的本分吧。"

"所以他才惹人怨恨？"那还真是过分，我心想，但回想起来，这几年处处都发生过这种事。

"他连关在房间里的儿子都没办法救出来。"

"你为什么会想关在房间里？"

"老爸总是板着脸孔在生气，我很怕他，一直都在看他的脸色过日子，还常常被揍，感觉很火大。"

接着他又说，因为自己造成的暴力冲突，母亲从十年前就回到九州岛的老家，从此没有消息。他虽然态度冷淡，一副不耐烦的样子，但我猜他大概对我的来访很高兴吧。

"令尊是个严格的人。"我以模棱两可的态度试探茑原的感想。

"只是，"他说，"当我整理这间房间的时候——"

"怎么了？"

"我发现一个有趣的东西。"

说完他逐一检查地上的塑料袋，拿出一卷录像带。

"这是《东京物语》吗？"我想到自己来访的目的。

"不是。"他很干脆地否定，"是我老爸以前拍的影带。"

"这样啊。那真不错。"我边说边想，如果那个塑料袋里有本店的录像带，那就更棒了。

茑原小心跨过地上的杂物，走近和室角落的电视机旁，打开电源，放入录像带。"这卷影带应该是在我出生前拍的吧。我老妈拿着摄影机，在拍我老爸。"

"就是所谓的家庭录像带吗？"

"没错。老爸坐在一间很小的房间里，一直翻着字典，在纸上写下一些字。他大概是因为面对镜头感到很害羞吧。我第一次看到老爸那样的表情,就像把自己的答案藏起来的高中生一样。他那时还很年轻。"

我感觉好像在听人向我说明接下来要欣赏的电影情节一样,但我可以想象茑原找到父亲年轻时影像的感受,同时也联想到自己的父亲。

茑原按下录像机的播放钮,对我说:"在这段影片里,我老爸正在决定我的名字。"

"哦?"

"他查着笔画,把汉字写在纸上,我老妈就拿起摄影机嘲笑他。"

我垂下肩膀说:"原来如此。"

"想到他曾经像那样用心地帮我起名字,就感觉挺不可思议的。"茑原说完,来到我旁边坐下,一起看电视。

"不可思议吗?"

不是"很高兴",也不是"很惊讶",只是不可思议——他反复着说。

我心想,这是一段发人深省的插曲,回去一定要把它说给华子听。

电视屏幕上终于出现了影像,画面中一对裸体的男女发出羞涩与愉悦的喘息声纠缠在一起,蠕动的肤色画面占据整个屏幕。我和茑原盯着屏幕看了十秒钟左右。

"应该不是这一卷吧?"我说,"这是成人电影。"

"不知道那卷录像带到哪里去了。"茑原并不显得慌张,以悠闲的口吻说。接着他又开始在塑料袋里面翻找。

"我看了真的很感动。"

"我想也是。"

我边说边看着仍旧发出喘息声的成人电影,不禁露出苦笑。

"这就还给你了。"茑原在玄关将放入录像带的塑料袋拿给我。塑料袋上印着我的店名。

"没想到真的找到了。"我检查里头的录像带,确认上面贴着片名的贴纸。我不经意地看了一下茑原的身后。家里应该没有别人,但我却觉得仿佛有人躲在和室里。大概是因为刚刚听茑原说他父亲替他"算姓名笔画"的插曲在我心中留下强烈的印象,让我觉得他父亲似乎仍在这个屋子里。

"他死的时候,我在客厅里。"

"你不是关在自己房间里?"

"那时候我已经从房间里出来了。可是当那几个男人从大门闯进来,我就吓得跑到二楼去了,留下父亲独自跟他们战斗。"

我可以清晰地想象暴徒闯入我此刻站立的门口攻击他父亲的场面——暴徒全身散发着热气,眼睛充血,鼻孔张得很大,口吐白沫,挥舞着武器。我也可以想象他们攻击茑原父亲的真正理由。

因为他们感到害怕。他们极度畏惧世界末日的来临,但又不肯承认自己的胆小与恐惧，于是想要寻找比自己更害怕的人。他们想借由攻击他人来证明自己比较强，并获得安心感。这种心态就和初中时欺负我的同学没有两样。

"我在二楼的时候，父亲在楼下大喊：'不要出来！这里没事！'"茑原虽然看着我，但他的焦点已经不是放在我的身上，"我吓得双脚发软，当然不敢出去。"他边说边低头看自己的脚尖。接着他频繁地用手擦拭鼻子，以手指摸摸眼睑和脸颊。"他最后还说，'加油，无论如何都要活下去'。"

"无论如何都要活下去？"

"无论如何。"他以稍稍有力的声音重复刚刚的话，"活下去。"

我不知道该说什么，只能站在他面前寻找适当的句子。

"我等到楼下没声音了，才缓缓来到一楼。老爸胸口插着一把菜刀，仰卧在地上。他手里拿着滑雪板，大概是因为找不到武器才拿它应战吧。"他很感慨地说，"就算活下去，世界也要结束了。"

"我可以体会这种心情。"

我告诉他，我计算过逾期的罚金，不计零头，总计是一百万元整。他睁大眼睛问："不会吧？"

"我只是说说而已。"

走出大门的时候，他对我说："我下次会再去你的店里。帮我推荐让人看了会感动得想哭的片子吧。"

"你不是已经哭了吗？"我回答。

7

回程的路上，我又走到市民中心。我并没有很强烈的意念想要过去，只是脚步自然而然地走向那边。

过了傍晚，太阳已经西斜，市区中地势较高处的"山丘城镇"已经开始被夕阳映红。

走过公园，我折向与公寓方向相反的路上，沿着数小时前走过的道路来到市民中心的前方。

我越过马路，走上小小的阶梯，到了入口处，看到那里立着一块看板，上面简单地写着团体名称和"活动报告会"的文字。窗口没有人，我就直接走进里面。门口有置鞋处，地上也散乱地摆着十双左右的拖鞋，但我直接穿着鞋子踏在明亮的灰色地板上。

我感觉室内整理得相当整齐。想到先前街上的混乱情况，这类公共设施不可能没有遭到破坏，一定是使用者——也就是现在使用这里的团体——整理过了。地板和墙壁都是同色系的材质，让我联想到从前看的电影中太空船的内部。细长的走道看不到尽头，感觉颇诡异，这一点也和太空船很像。

"我相信，聚集在这里的各位应该都是能够以理性的态度来处理状况的人。"

我听到有人透过麦克风在演说。走道尽头的墙上有一扇窗户，窗玻璃是透明的，可以看到里面的情况。左边有一扇门，大概就是入口吧。

窗内是一处类似小型体育馆的空间,一张张铁椅都朝向右前方,那里摆了几张连在一起的长桌子,桌子后方坐着身穿西装的男女,应该是主办单位的人。这幅景象看起来很像从前参加过面向镇上居民举办的施工说明会。

我看到一个男人握着麦克风站在右手边的长桌前。他戴着眼镜,跟我差不多年纪,鼻子很挺,五官很端正。

他继续演说,内容包括:"请不要刻意忽略眼前的事实。各位必须冷静地思考更重要的问题。"或是:"小行星即使坠落,地球完全被破坏的概率也很低。只要能够撑过最初的两个礼拜,得救的可能性就会提高很多。"另外还有:"很遗憾我必须这么说,世界人口增长太快了。在我们努力建立文化、发展科技、减少战争和疾病等不幸元素的同时,人类失去了自然淘汰的机会。这次的小行星冲撞对剩余的人类而言可以说是一次绝佳的机会。被选中的人将重新改变环境,过上更美好的生活。"他以强有力的口吻重复相似的内容。

我心想自己好像在哪里看过类似的情景、听到类似的讯息,立刻发觉是在高中时母亲参加的集会上听到的。

"在座的各位都想被选中,但我不想欺骗大家。我必须老实告诉各位,并非所有人都能够被选上。全国各地只有符合条件的人,才能潜入避难所,承担建立新世界的责任。"

原来这种集会已经以全国规模展开了——我惊叹地想。我从一旁观察坐在椅子上的观众表情。每个人都一脸认真地看着前方握着麦克风的男人，挺直背脊，目不转睛，就像是在接受面试一样。不知他们是觉得自己一定会选上，或是担心一旦闹场就会被剔除在名单之外，总之在座的没有一个人表示不满。

我旁观了一阵子集会，并不是因为有兴趣，只是呆呆地望着眼前的情景。一想到华子在这些人当中，心中就产生奇妙的感受。"为什么"的疑问和孤寂笼罩在我身上。

我想起茑原的父亲。面对突然闯入的武装暴徒，这位父亲拿起滑雪板对抗，并对儿子怒吼："这里没事。总之不论如何都要活下去。"

"我们家的方针就是，即使活得再怎么难看，都要一直活下去。"我也想起土屋先生在河边的长椅上对我说的话。

我不知不觉地走向左边，将手伸向入口的门把。门上嵌着毛玻璃。我转动门把，将门推开。眼前是铺着木质地板的宽敞大厅。

我心中的胆怯只维持了一瞬间。我穿着鞋子向前走了一步，两步。

参加集会的观众迟迟没有发觉到我的存在。

最先注意到我的是坐在主办者席位上距离入口最近的男人。他把头转向了我。他身边的男人似乎也注意到他的动作，将视线移到我身上。这个动作又引起旁边人的注意，在这样的连锁反应下，长桌前的所有人都将目光移到我身上。拿着麦克风站着演说的青年也停止说话，注视着我。

铁椅上的观众也同时转向了我。

所有的人都在看我。我感觉这些视线仿佛箭矢般刺进我的身体，有一瞬间甚至感到无法动弹，但我立刻抖了抖身体，甩掉这些隐形的箭。接着我吸了一口气，以许久没有发出的声量大喊："华子！"我呼唤妻子的名字，"华子，回家吧！"

8

我还以为发生什么事了——华子在我旁边笑着说。太阳已经下山了，天空变得幽暗，星光也开始闪烁。几年前，一旦天黑就会有暴徒开始闹事，每个人都躲在家里祈祷平安度过这一晚。但最近街上却变得相当安宁，夜晚恢复了原来的寂静，提供睡眠与休息的时光。

"以为发生什么事的是我。"

我在市民中心的小型演讲厅高声呼唤妻子之后，华子立刻从众多铁椅中间站了起来，睁大眼睛说："咦？阿修，你来啦？"并对我挥手。她悠闲的模样让我感觉相当意外。她跟着我走出了演讲厅。

"没关系吗？"我不禁问她。

"什么事？"

"你可以擅自离开会场吗？"

"没关系。老实说，藤森太太以前就对那个集团很感兴趣，所以才要我陪她去听,但是我根本搞不懂他们在做什么,只觉得无聊。所以,没关系。"

"那是什么样的聚会?"

"我也不知道。"她手上不知何时已经拿着一根树枝,像是在拿指挥棒般挥舞着,"虽然感觉很诡异,不过每个人都很认真。"

"太好了。"

"太好了?"

"一想到你竟然跑去相信那种东西,我觉得很害怕。"

我们穿过公园,走上和缓的斜坡。沿着弯曲的道路前进,就可以抵达我们家。十层楼的长形建筑虽然很老气,却保持得很干净。

"阿修,我觉得啊,"经过公寓前的花坛时,华子开口了,"他们虽然头头是道地说些'选拔'或'被选中的条件'之类的,但是存活这件事应该是更拼命的某种东西。"

"更拼命的东西?"

"人必须尽一切可能拼命地挣扎,才能存活下去。一定是这样。"

嗯——我表示同意,此时我脑海中想到的,仍旧是先前听说的茑原父亲的事情,以及土屋先生稳重的侧脸。"我也这么觉得。"我对华子说。

时间刚过七点,不过未来一定等得不耐烦了吧。我快速走到公寓前,抬头仰望自己的房间。房间位于五楼的角落。阳台上有人影，我凝神注视，看出是父亲和未来并肩站在那里。

华子也几乎在同时发现了他们。她停下脚步，举起右手小声地说："我回来了。"

我也想要学她举起手，却注意到其他房间的阳台上到处都有人影。住在我们上方六楼的是樱庭夫妇，我立刻认出他们。接近临盆的樱庭太太肚子已经变得相当显眼，樱庭先生边替她按摩肩膀边望着天空。

接着我看到三楼阳台上站着一对年轻的男女。他们靠在栏杆上仰望天空。女孩子失去了双亲，我最近常常看到她，不过却没见过她身旁那个看似文弱的男子。

"香取夫妇的女儿回来了。"华子似乎也在眺望各层楼的阳台。她补了一句："在四楼。"我便移动视线，的确看到了一对老夫妇。他们身旁站着和我年龄相仿的女性。"那是他们的女儿？"

"他们说过不常跟她见面。"华子还没说完，室内就走出一名抱着孩子的男性。看来应该是女儿夫妻带了孩子回老家探亲。

"大家怎么都跑到阳台上来了？"我追随他们的视线转头看背后的天空。偌大的天空中虽然看得到散发微弱白光的星星，却没有特别引人注目的亮光，月亮也不是特别明亮。

"好像没什么特别的。"华子也说，"大概只是单纯地想要看看天空吧。"

"该不会是察觉到小行星飞过来了吧？"我说出心中的念头。华子便露出嫌恶的表情："阿修，你不要说这么可怕的事情。"

"妈妈!"上方传来声音,五楼的未来似乎发现到了我们。各层楼的住户这时也发现到我们在楼下,几乎同时在各自的阳台栏杆前向我们打招呼。

9

每当夜晚结束,清晨来临,我就会想到:"世界仍继续存在着。"至少目前仍旧如此。今天我也抱着同样的心情迎接射进窗户的阳光。

吃完只有土司面包的早餐之后,父亲立刻走上顶楼。他怎么都不会厌倦——华子笑着说。"不知道应不应该称赞他的勤勉。"我也这样回答。接着我突发奇想:"我们也去顶楼看看吧。"

华子立刻回答:嗯,走吧。她脱下围裙,未来也高兴地喊:"顶楼!顶楼!"

"怎么样,很高吧?"我战战兢兢地爬上瞭望塔之后,父亲从上方对我说。他已经爬到最高处,坐在平台上俯视着我。"这里只有一个人的位子。"他这么说,我便抓着瞭望塔的脚座,从这个位置眺望风景。"比我想象的还高。"我老实说出心中的感想。

"右边就是海。"父亲说。的确,只要一转头就可以看到街道后方有一片颜色与天空或陆地都不同的大海。

"洪水会从那么远的地方淹到这里吗?"在我眼中,这段距离简直遥不可及。

"从瞭望塔上看街道被大水淹没,一定很棒吧。"

"一点都不棒。"我说完便缓缓开始往下爬。当我终于踏到顶楼的地面上,不禁松了一口气。

"爸爸,我也要上去。"未来凑了过来。我抱起她,让她坐在我的肩膀上。"我还要更高。"未来不满地抗议。

"怎么样?"华子问我。

"还挺坚固的。"我回答。

我再次抬头看向瞭望塔。虽然比不上高压电的铁塔,但它仍算是相当气派的高塔,既像是观察四周的监视塔,也像是鸣警报的警钟塔。当洪水淹到这里,它看起来将会像是沉没在深海中的高塔或支柱吧。

"盖得很好吧?没错吧?对不对?"父亲爬下来,得意地对我说。

"好了。"我回他,"你还真的盖出了这么一座高塔。"我无奈地说。

"你如果愿意的话,我可以替你们准备座位。"

换作平常的我只会一笑置之,跟他说不用了,今天我却回答:"那就拜托你了。"连我自己都感到惊讶。

"你想要?"

"嗯,请你帮我准备三个人的座位,我、华子和未来。另外也要加上梯子。"

父亲似乎很高兴自己的工作量又增加了，长了胡子的嘴巴上露出了笑容。"我又可以大显身手了。"他说。

"阿修，这么说来，我们最后都要坐在这上面？"华子愉快地指着瞭望塔说。

"也许吧。"

我并没有放弃小行星不会坠落的可能性。或许这一切都是谎言，或是有人计算错误，虽然造成无可挽回的骚动，但地球终究不会毁灭，我们也可以继续生活下去——我心中仍旧怀着如此天真的想法。

不过我也在心里下定决心：如果世界末日真的来临，到了我们无计可施的时候，就要爬到顶楼的这座瞭望塔上。

届时我们想必不会像现在这么冷静吧。或许会因为胆怯、恐惧而双脚发软，心慌意乱，连瞭望塔的梯子都没办法好好爬上去。

不过我、华子和父亲一定会拼命地攀爬上瞭望塔。即使被迅速吞没四周的洪水惊人的威力和速度吓到脸色发青，几乎因绝望而窒息，我们也会抱着女儿一步一步往上爬。这一点是可以确定的。

如果周围的水位上升，如果这栋建筑难逃沉入深海的命运，我们会努力想办法让未来能够逃到更高的地方，哪怕高出一公分或一毫米都好，我们会在瞭望塔上伸直背脊、高举着手臂。我们或许会踢下爬上来求救的其他人。总之，为了让未来——我们的未来——能够多活一秒钟，我们一定会毫无顾忌地举起双手。一定没错。

那副拼命的模样想必会很丑陋、很难看吧？想到这里，我轻轻拍了拍未来从我的肩上垂下的脚。"我会拼命挣扎，你要原谅我啊。"

华子听到我的话，似乎理解到我想象的情景。"我们一定会拼命挣扎。"

"修一。"父亲站在我的身旁说，"你以前闹着要自杀的时候，我对你说过，如果能爬到山顶，就一定可以看到格外出色的风景，你记得吗？"

"你那时的口吻真的很臭屁。"

"我能给你看的，最多就只有从这瞭望塔看下去的景色了。"

"没关系。"我摸摸太阳穴，这样回答。

我走近顶楼边缘的栏杆，眺望公寓外面。透过格子状的缝隙看到的街道相当平静。华子也来到我旁边。

远处公园旁边的路上，有两个男人正以轻快的步伐慢跑。他们身穿短袖运动衫和短裤，看起来像是格斗家。两人停下来之后便转动身体，接着开始猛烈地摇晃双手双脚。即使隔着一段距离，我也能感受到他们身上散发着耀眼的热气，甚至几乎可以看到飞溅的汗水。我觉得他们很美，也很坚强。我不知道他们是在训练还是只是在维持身体健康，但这两名男子默默活动身体的景象仿佛永远在那里持续着，伴随着坚定的力量。

不久之后，两人便消失在建筑物后方。痴痴观望的我感觉有些寂寞。

"死了都不会死！死了都不会死！"坐在我肩膀上的未来突然开口喊。我再次抬起头，叹服地看着这座瞭望塔。它虽然是手工制作的，却仔细地以绳索缠绕，显得相当坚固。

我把手放在华子肩上，将她拉到我身边。

感谢词

感谢东北大学研究所理学研究科的土佐诚教授和仙台市天文台的小石川正弘先生，在百忙当中抽出时间，告诉我许多有趣的话题。小石川先生甚至让我参观自家庭院中的望远镜，真的非常感谢。

在采访当中，我得到许多意见及指导，像是"小行星的轨道大部分都在掌握之中，几乎没有撞上地球的可能性""要在八年前预言小行星冲撞相当困难""彗星冲撞的可能性比小行星还高一些"，等等，但这篇故事当中仍旧有许多杜撰的成分，这是基于我个人秉持着"虚构故事中谎言越多越有趣"的想法，绝对不是这两位的责任。也希望读者不要误以为这篇小说里关于小行星冲撞的情报一定是正确的。

此外，"钢铁羊毛"这篇故事的灵感是在为别的作品进行采访时，在踢拳道馆——治政馆——见习的过程中得来的。惊心动魄的练习景象、长江国政馆长和武田幸三先生之间的对话以及武田先生掺杂着幽默与严格的魅力一直留在我的脑海中,让我不得不产生"以他们为蓝本写一篇故事"的念头,并猜想:"即使世界末日即将来临,他们大概还是会继续练习吧"。如果各位喜欢这篇短篇当中苗场这个男人,希望各位可以了解,这是来自我所见到的武田幸三这个人物的魅力。在此要感谢治政馆的所有人,以及介绍我到这家拳馆的摄影师藤里一郎先生。

原作刊登于日本月刊杂志"小说 Subaru"

《末日愚者》刊于二〇〇四年二月号

《太阳封印》刊于二〇〇四年五月号

《笼城啤酒》刊于二〇〇四年八月号

《冬眠少女》刊于二〇〇四年十一月号

《钢铁羊毛》刊于二〇〇五年二月号

《天体夜晚》刊于二〇〇五年五月号

《戏剧船桨》刊于二〇〇五年八月号

《深海支柱》刊于二〇〇五年十一月号